神様のミスで
異世界に
ポイっと
されました 3
I Was Thrown Out To Another World Caused By God's Failure.
~元サラリーマンは自由を謳歌する~
でんすけ
densuke
イラスト:
長浜めぐみ

サイ
コウ
登場人物紹介
Characters

風《ふう》魔《ま》
ヘルミナ
タキノ
ルカ

俺はベッドに寝転んで、
バーガーセットの袋に入っていた紙片を眺めていた。
「これを召喚した異世界人へ、
お前は元地球人か？
地球から転移または転生したのか？
連絡を乞う」

CONTENTS

第一章　星々を巡る旅

ふと、空を見上げる。

風魔《ふうま》が気持ち良さそうにさえずりながら、頭上を旋回している。

ゆったりとした風が吹き、空の旅へと誘《いざな》うようにそっと背中を押されたような気がした。


大聖堂での戦闘から数日が過ぎ、俺達は食材の補給のため、マグノリア聖教国の港町を目指して街の中を歩いていた。しばらくすると第二級民地区に入る門が見えてきたが、その前に昼食を取る事にする。

「ここがなかなかイケるって評判の食堂よ」

ルカの案内で食堂に入った俺達は、大きなテーブル席に座る。

「ここは何が美味《おい》しいんですか？」

「港町から運ばれてくる魚介を使ったランチが美味《うま》いのよ」

ルカは嬉《うれ》しそうに答えてメニューを見る。

それぞれが注文し終えると、サイが「港町はそこまで遠くないとか言っていたな」と言う。

「そうですね。宿で聞いた話ですと、この街を出て四時間で着きますね」

「まあ、急ぐ旅でもないからな。のんびりいこう」

たくさんの客達で賑わうなか、視線の先にフードを目深に被《かぶ》った者が入ってくるのが見えた。俺達の横を通り過ぎようとした時、フードがはらりと取れる。

「あ、エルフ」

「今、エルフと言いましたか!?」

思わずそう呟《つぶや》いてしまった俺に、その女性が振り向いた。翡翠《ひすい》色に輝く瞳と長く尖《とが》った耳。しかし、髪は緑色に染まっている。

「すみません。この辺では見かけなかったもので」

「もしかして、エルフに会ったことがあるんですか!?」

「はい、知り合いに何人かいますが」

「それは本当ですか!?」

「おいおい、まあ落ち着け。まずは空いている席にでも座れ。みんな、いいか」

興奮しながら詰め寄るエルフをなだめるように、サイが口を挟んだ。

事情を聞くと、両親がマグノリア聖教国を中心としたこの大陸に渡ってきてから彼女が生まれ、十五歳の時に両親は姿を消した。方々を捜したが見つからず、途方に暮れていたところに俺の「エルフ」という言葉が耳に入り、藁《わら》にもすがる思いで詰め寄ってしまったのだそうだ。

「そうでしたか。私はエルフの国に行った事がありますし、交流もしていました。え～と……」

「ああ、失礼しました。私の名前はヘルミナと言います」

「私はコウです。それで、ご両親がいなくなったのはいつ頃ですか？」

「私が十五歳の時ですから、二十五年前でしょうか」

「なんだババアかよ」

小さくそう呟いたタキノのせいで場が凍る。時すでに遅し。それに気付いたタキノがギギギと振り向くと、背後に般若《はんにゃ》がいた。

ゴン！　ゴン！

鈍い音が鳴り響く。

「痛《いて》え！」

「なんで俺まで！」

タキノとサイが頭を押さえてルカに文句を言う。

「あんた達！　失礼なのよ！」

「ま、待て！　俺は何も言ってないだろ！」

右手に持ったフライパンを再び振りかぶろうとするルカに、サイが懸命に抗議する。

しかし、またしてもタキノとサイの頭をルカのフライパンが襲う。

ゴン！　ゴン！

「ぐあ！」

「おおい！」

唸《うな》りながらテーブルに突っ伏した二人を見たヘルミナは、落ち着いたのか笑顔だ。

「本当にあんた達は！　ごめんなさいね、ヘルミナさん」

「フフフ、ありがとうね。え～と」

「あっ、私はルカです」

ルカはペコリと頭を下げる。

「ルカさんね。よろしくね」

二人は顔を見合わせて微笑《ほほえ》む。

「じゃあ、コウ。話を続けてちょうだい」

見かけによらず、結構年上なんだなと思っていたことを悟られないように、俺は顔を強張《こわば》らせながら、咳払《せきばら》いをした。

「二十五年前ですか。う〜ん、これから私達は港町で食材を補給した後に拠点の一つへ行く予定です。その拠点に住んでいるエルフ達にご両親のことを聞いてみますが、どうでしょう？」

「行きたいです。ここで待つのも何ですし、私もついて行きます」

「分かりました」

それを聞いたヘルミナとルカは喜ぶ。


食事を終えた俺達は、門を抜けて港町を目指す。

「おい、なんか増えたぞ」

「やりづらいな」

「聞かれたらルカのフライパンが飛んできますよ」

俺がそう言うと、タキノとサイは俺の後ろへ移動し、素知らぬ顔をする。

やれやれ。空を飛んでいる風魔を見やり、俺は歩を進めた。


無事に港町へと到着した俺達は、船から飛空艇に乗り継ぎ、空の旅を続けている。

ヘルミナは途中でルカから魔法の特訓を受けたり、得意とする弓術を披露したりしていた。すっかり打ち解けた様子のヘルミナとルカは、飛空艇のラウンジにあるバーカウンターで今日も楽しそうに会話をしている。サイはソファーに座り、ナブが翻訳した古代書を読んでいた。俺もサイの向かいのソファーに座って、古代技術が記された本を読んでいる。タキノは屋上デッキで結界を張ってせっせと走り込んでいて、風魔はその周りを飛んでいる。

平和なひと時だ。

三日後、リンドルンガの上空に浮かぶ天空の島に到着した。

俺は同行している四人を住人達に紹介し、ヘルミナをエルフに会わせて両親の行方《ゆくえ》を調べたり、リンドルンガに降りて領主や冒険者ギルドに挨拶に行っていた。

サイ、タキノ、ルカが暇そうにしていたので、前々からナブと相談していた古代技術を使ったソーサリーアーマーのベース機体を四機製造し、三人に試運転を頼んでみた。三人は嬉々《きき》として魔獣狩りに出掛け、ナブと調整しながらアーマーのブラッシュアップに取り組んでいる。

四機目のアーマーは、エルフとの話が済んだヘルミナに渡した。

ヘルミナはそのエルフ達の協力により、両親を捜してもらうことになったようだ。

俺はリンドルンガにある自宅でまったりしている。しばらくすると呼び鈴が鳴った。誰だろうか？

「おう！　久しぶりだな」

扉を開けるとそこには、満面の笑みを浮かべる銀狼《ぎんろう》の咆哮《ほうこう》のウリルが立っていた。

「久しぶり！」「久しぶりだな！」

ダリスとランガも笑顔で続く。俺はすかさず笑顔で扉を閉める。呼び鈴が連打され仕方なく再び扉を開けると、ドドドッと銀狼の三人がガレージへと入ってきた。

「三人とも久しぶりですね」

本当は久しぶりに会えて嬉しいが、何だか気恥ずかしいので簡単にそう言うと、三人に揉《も》みくちゃにされてしまった。するとまた呼び鈴が鳴る。扉を開けると、そこには嬉しそうにしながらも目尻に涙を溜《た》めるマリオさんの姿があった。

「げ、元気でしたか」

「ええ、元気でしたよ」

今にも泣いてしまいそうになりながら、マリオさんは言う。

その後はそれぞれ今までの事を話し、夜遅くまで酒を飲みながら語り明かした。かなり心配してくれていたんだろう。尽きることのない話と笑い声が、広くて静かだったガレージに響き渡っていた。


翌日は発展し続けているリンドルンガを散策し、久しぶりに雑貨屋さんで古代書を買うなどして過ごした。

そんな生活を数日過ごしたある日、グレイエルフの国から連絡が来た。なんとヘルミナの両親が見つかったという。俺はヘルミナを呼び出して話を伝え、急遽《きゅうきょ》飛空艇を用意してグレイエルフの国へと飛び、ヘルミナと両親は無事に再会出来た。

しかし、ヘルミナの両親は特に感動も何もなく、ただ久しぶりという感じだった。

再会を待ち望んでいたヘルミナはそんな両親の姿に困惑し、三人でしばらく話し合っていたが、結局ヘルミナは今後も俺達と行動を共にすることに決める。ヘルミナがそうしたいと言うのであれば、俺達に拒む理由はない。


両親はヘルミナがある程度自立していける年になったら離れる事を決めていた。幼い頃のヘルミナはいつも外の世界に興味を示していた子供だった。いつか世界を巡る旅に出て、訪れた国々の文化に触れたい。愛する我が子の願いを叶えたい一心で、両親はヘルミナから離れる決断をした。

ヘルミナの両親は他国の情報収集を担う諜報員だった。しかし、偽装夫婦としてマグノリア聖教国で生活をしていた二人は、次第に恋に落ちて女の子を授かった。危険と隣り合わせの日々から我が子を遠ざけるように姿を消した両親は、引退後にグレイエルフの国で身をひそめるように生活を送っていたのだった。


その後はリンドルンガに帰還し、専用のソーサリーアーマーで仲間達と合流した。

日が暮れるまで狩りをして過ごし、夜空が綺麗《きれい》だったのでそのまま開けた場所で焚《た》き火《び》をする。

夕食のメニューはボアハンバーグ。仲間達と手分けをしながら夕食の準備を済ませた。

「コウ、前に言っていた宇宙ってやつはこの空の上にあるんだよな」

夜空を見上げていたサイがそう呟いた。

「ええ、そうですよ。宇宙船に乗ればあの小さな光、星々に行くことだってできますよ」

「おお、そのウチュウセンってのには俺達も乗れるのか？」

「はい、可能ですよ。乗ってみますか？」

「ああ、乗ってみたい」

他の仲間達も首を縦に振り、面白そうだと目を輝かせている。

「ふふふ、分かりました」


翌朝、宇宙進出に備えて宇宙船の改造をナブに指示する。

内容は、かつて移住者を三千人収容した拡張空間の居住スペースを百人程度のものに縮小し、余ったスペースに農場や畜産、魚介類の養殖場、訓練場の設置をすること。さらにサイ、タキノ、ルカ、ヘルミナからの要望を盛り込み、それぞれの特性を活《い》かせるアーマーの製造も指示する。これは宇宙対応のベースアーマーを改良したものだ。もちろん、俺の新規アーマーも製造する。そして、アーマーのシミュレーション設備も整えてもらった。


数ヶ月が過ぎて、宇宙船の改造が完了した。俺は領主を始めとしたお世話になった人達に長旅に出る事を告げる。

「さて行きましょうか。ナブ、発進してくれ」

宇宙船のコントロールルームでナブに命令する。

俺を中心とした周りの座席には、サイ、タキノ、ルカ、ヘルミナが座る。

《マスター、了解です。発進します》
ナブがそう答えると、衝撃もなく宇宙船は上昇を始める。コントロールルームの全周囲モニターには、リンドルンガが徐々に小さくなっていく光景が映し出される。
数分もしないうちにリンドルンガのある大陸全体が見え、それも小さくなっていく。そして大気圏を抜けて宇宙へと到達した。
四人はモニターに映し出される光景を口を開けたまま眺める。
「ナブ、目標は？」
《はい、マスター。ここから一番近くにある星を目指します。私と同じタイプの原初の船と呼ばれる宇宙船が着陸したと思われる星です》
宇宙図のホログラムが浮かび、その星までの航路が示される。
「分かった。あとは任せる」
《はいマスター》
ナブの返事と共に、宇宙船はこの星の軌道を外れて目標の星へと向かっていく。

俺達、銀狼の咆哮は、冒険者ギルドから「コウがリンドルンガに帰還した」という情報を得てすぐにコウの自宅に向かった。コウは変わりなかった。なぜか初めて出会った時と同じ容姿のままだったが。そしてマリオさんも合流して夜遅くまで語り明かした。

何だろうか。コウは変わった。いや、元に戻った？

出会ってからコウは少しずつ自分の殻に閉じこもりがちになっていった。それはそうだろう、リンドルンガに来るまではじいさんと二人で魔獣の森で暮らし、じいさんが亡くなってからは、一人でこの都市での生活を始めたんだ。それも命の価値が低い社会にだ。常に死の恐怖がつきまとい、反動から正しい判断を下せないようになったのは無理もない。特に敵対する者を容赦なく殲滅《せんめつ》した。汚物のように。盗賊や命を狙う者に容赦ないのは分かるが、コウの心は少しずつ擦り切れていくようだった。

それが再会したら変わったようだ。良い方向に。旅をする事によって経験を積み、いろんな人達との出会いと別れを繰り返し、話によると一緒に旅をする仲間が出来たそうだ。それをコウは嬉しそうに語る。

そんな話を聞いた俺は少し悔しかった。出来れば俺達が今目の前で嬉しそうに笑顔で語るコウに戻してやりたかった。でも良かった。こんなコウが見られて。いつまでも笑顔のコウのままでいてくれ。俺達は死んでもお前の味方だ。


俺達が乗る宇宙船は順調に航行している。初めの数日は重力ドライブによる航行で異常がないか点検をしつつ運用し、問題が無いことが確認出来たところでディープドライブによる短期試験運用をすることに決定。それらの試験でも航行に支障は無いと判断出来たが、速度を上げた重力ドライ

ブによる通常航行で目標の星へと向かうこととなった。

重力ドライブとは、進行方向に重力場を発生させて、ブラックホールのような重力場に引っ張られるようにして推進する方法だ。重力場と宇宙船は一緒に進行方向へ進むため、持続的に移動する事が出来る。

一方でディープドライブとは、進行方向に収納魔法のような亜空間を発生させて、そこへ落ちるように推進していく。障害物があってもすり抜ける事が出来るため、重力ドライブよりも高速で移動する事が可能だ。

なぜ通常航行かというと、俺の意見をナブが了承したからだ。色々な宙域に行く事を考えると、魔力が薄い、または魔力が無い環境を考慮する必要があるのではないかと考えた。魔力は宇宙船の動力源となるからだ。ナブもその可能性がある事を把握して、その対策を施した。

ここで俺の研究が活きてくる。以前に熱エネルギーを魔力に変換する方法を思いつき、その実験を成功させていた。しかし、その当時ではこの小さなシステムを活用出来る方法がなかったため、放置していたのだ。このシステムで膨大な魔力を得るには、大きな熱エネルギーが必要だった。

これらを聞いたナブは古代ライブラリーにあった技術から核融合炉を製作し、このシステムを使って大きな魔力を取り出すことに成功。だが、核融合炉では取り出せるエネルギー量が宇宙船航行のための魔力量には足りないことが判明し、他のエネルギー発動体を製作することになる。

次に作られたのが縮退炉である。これの完成により問題なく航行に必要とされる魔力を十分に取り出すことが出来るようになった。核融合炉も補助の非常用エネルギーとして採用され、さらに小型化にも成功。各種アーマーにも搭載される事になり、その継戦能力は格段に上がった。

俺とナブが動力源の実験にかかりきりになっている間、他の仲間達はアーマーのシミュレーターでの模擬戦や実際の宇宙空間での飛行訓練、訓練場で戦闘ポッドを相手にした訓練を繰り返し、徐々に宇宙船での生活に慣れながら、宇宙空間での戦闘方法を学んでいた。

エネルギー問題も解決し、目標の宙域にあと一ヶ月程度の距離となった。
《マスター、宇宙空間を航行する構造物を複数確認しました》
「ナブ、宇宙船か？」
《はい、宇宙船と思われますが魔力反応はありません》
「宙域の魔力量は？」
《我らがいた星の宙域と変わりありません》
「ふむ、魔力が潤沢なのに使わない勢力か。あとどれくらいで接触する？」
《現在の速度で七日ほどです。まだあちらには感知されていないようです》
「分かった。そのまま監視を続けてくれ」
《はい、マスター》

それから六日が経《た》った。
《マスター、あちらに感知されたようで速度を上げてこちらに向かってきています。その数は大小含めて二十です》
「了解した。防御態勢を整え、友好的な接触を試みてくれ」

《はい、マスター》

……数時間後。

《マスター、通信による接触を数度試みました。ですが、あちらはこの宇宙船の引き渡しと乗員の無条件投降を求めてきています。従わない場合は攻撃すると》

「あちらの船は全て戦闘艦か？」

《はい、確認しましたが、戦闘艦に間違いありません》

「こちらの勝算は？」

《問題ありません。あちらの船の外観と推進方法、船に展開されているシールドからの推察ですが、相手になりません》

「そうか、では戦闘宙域に到達後、五機のアーマーで対応する。準備を頼む」

《はい、マスター》

《ルカさん、発艦準備完了です》

「了解よナブ。核融合炉安定確認……良好、重力ドライブ確認……良好、各補助スラスター確認……良好、結界シールド確認……良好、各装備確認……良好。問題ないわね。出るわよナブ」

《了解しました。重力射出システムを機体とリンクします……リンクしました。射出準備完了です。ルカさん、お気をつけて》

「ルカ機発進！」

ルカの乗る機体は重力射出システムにより加速し、宇宙船から飛び立った。少しGが掛かるがすぐに機体の重力システムがGを軽減して宇宙空間に出る。

「指定宙域に到達。ナブとのリンク確認……完了。宙域監視システム展開……ポッドを十五機展開。うん、問題ないわね」

ルカの目の前のモニターには敵船の位置が表示され、その宙域にステルス探査ポッドが展開している様子が表示される。ルカの機体の背面には宇宙空間用の重力ドライブが後方に伸び、そのドライブ装置の上には丸いレドームが回転している。さらに腰部に連結されたワイヤーにより大型コンテナを五つ牽引《けんいん》している。

「もうすぐ、他の四機も出る頃ね」

ルカはモニターを見て呟く。

敵、宇宙戦艦内。

「提督、良かったのですか？」

「ふん！　良いに決まっている。たった一隻の大昔の船など問題ない。それにな、我々はこんな辺境の警備に不当に飛ばされているのだぞ。こんな場所に何の脅威があるのだ？　無いだろうが。まあ、大昔の船とはいえ未知の勢力には違いない。これを鹵獲《ろかく》すれば我々の栄転は間違いないぞ」

「しかし、敵の船の能力に関しては何のデータもありません。もう少し様子を見ては……」

「良い良い。このまま進め」

「敵の船より何か出てきました。その数……一……いいえ……五です」

「ふむ、艦載機か何かか。たかが五機なのだろう。ではこちらもアーマードスーツ全機を出撃して殲滅せよ。さすればすぐに降伏するだろうな」

提督はニヤリと笑う。


「コウ達も出たわね」

ルカがモニターを見ていると、すぐにルカ機の側《そば》をサイとタキノの機体が通過する。

タッチスクリーンを操作し、細かい周辺状況データをサイとタキノへと送る。

「あら、あちらも何か出してきたわ。五十かしら」

ルカはステルス探査ポッドから送られてきたデータを眺め、そう呟く。

「人型の機体。体高は十ｍか。ナブ、私達の機体よりは大きいけど、装備や移動方法から考えると脅威にはならないわね」

《はい、ルカ》

ヘルミナの機体が、ルカの機体の横に並ぶ。

「来たわ、ヘルミナ」

『状況はどうかしら』

「今、データを送ったわ」

『人型の機体ね。まずはこれからかしら』

「そうね」

とルカが答えると、ヘルミナの機体は大型の魔導ライフルを構える。その長さは十ｍほどもある。

ヘルミナの機体から魔導ライフルへとエネルギーが充填《じゅうてん》されていく。

「データリンク確認。敵推測データ補正開始……完了。行くわよ」

ヘルミナは機体を操作して敵をロックオンすると、長距離射撃を開始する。エネルギーが魔導ライフルの先端に収束すると、大きな魔法陣が展開される。それが光ると光の線が宙空へと伸びる。

モニターを見ていたヘルミナは目標が消えたことを確認し、ルカから送られてきたデータを基に次の目標をロックオンしていく。


「始まったな」

とタキノは前方で爆発する敵の機体を見ながら呟いた。

『タキノ、始めるぞ』

サイから通信が入り、タキノの機体は両肩に装備されている副腕で背部の魔導ビームサーベルを掴《つか》み、腰部に装備された魔導ビームサーベルを主腕で構える。

四刀流。

背部重力ドライブ下部には、あと二腕の副腕があるが、訓練不足により現在は四刀までしか操作出来ない。

「参る」

タキノの機体が加速していく。敵の機体が持つ武装から何かが発射されたが、それをビームサーベルで斬る。

敵は慌てて回避行動を取るが、タキノの機体は相手の動きを上回って接近した。すれ違いざまに敵機体を両断。敵機体は閃光《せんこう》に包まれて爆発した。

タキノは各機とのリンクデータにより敵を選別し、目標を設定。速度を上げて接近していく。


「さて、俺も負けてられないな」

サイは目標を選択すると、背面重力ドライブの上に装備された副腕が立ち上がる。

「今は光魔法しか使えないが、十分だ」

機体を操作すると副腕に装備された触媒宝石が光る。するとサイの機体を中心に囲むように二十の魔法陣が展開する。

「喰《く》らえ！」

とサイが言うと一斉に魔法陣が発光し、二十もの光の矢が目標へと飛翔《ひしょう》する。敵へと直撃する様子をモニターで確認すると、機体を操作して宙空を駆ける。


敵、宇宙戦艦内。

「何が起きている？」

提督は次々とモニターから消えていく自軍のアーマードスーツを見て呟く。

「提督！　アーマードスーツ部隊が壊滅しました！　全滅です！　て、撤退を進言します」

「馬鹿な！　五十機ものアーマードスーツが十分も経たずに全滅だと……ま、まだだ。各艦！　ビーム砲斉射準備！　目標は敵宇宙船！」

「提督！　大変です！　各艦のシールドが消滅していきます！」

「な、何が起きている！」


「ふふふ、敵艦のシールドの中和に成功したわね。このデータを各機に送りましょう」

とルカは笑う。

『ねえ、ルカ』

「何、ヘルミナ」

『装備を変えたいんだけど』

「了解。ということは対艦船用装備ね」

『そうよ。お願いね』

通信が切れ、ルカはタッチパネルを操作する。

「No.5コンテナパージ……展開と……ヘルミナ、コンテナを展開したわ。受け取って」

『了解。確認したわ』

ヘルミナは機体の装備を交換していく。

「さてと、交換は済んだわね。エネルギー供給ケーブル接続……完了。エネルギー充填開始……完了まで十、九、八、七、六、五、四、三、二、一……完了」

ヘルミナの機体は新たに長さ三十ｍにもなる砲身を構えている。そして、ルカから送られてきた敵艦船のマーカーを見て目標を選択する。

「初めての使用ね。何だかワクワクするわ」

と引き金を引く。すると砲身が帯電して光り出し、魔法で加工された実弾が発射される。いわゆる、レールガン。魔導レールガンである。一瞬の閃光と共に敵艦に命中し、内部が爆発して敵駆逐艦級の船を撃沈させる。


敵、宇宙戦艦内。

「提督！　駆逐艦が敵の攻撃により撃沈されました！」

「何！」

「提督！　艦隊直上より接近する敵影あり！　ロストしていた五機目です！」

俺の操るアーマーは仲間達の中でも一番プレーンな機体といえる。特化した機能もなく、装備の換装で機能を変えるといったものだ。今回の装備は魔導ビームライフルと標準装備の魔導ビームサーベルのみとなっている。

そんな機体がステルス機能をフル活用して敵艦隊直上へと到達する。俺はルカの機体から送られてきた敵艦隊情報を見ながら、目標を設定していく。

「あれが旗艦ですね」

高速で機体を移動させながら魔導ビームライフルの照準を敵艦に合わせる。


敵、宇宙戦艦内。

「直上より高熱源体接近！　重巡洋艦レートンに直撃！　まだ来ます！」

「こ、こんな馬鹿な……」

「重巡洋艦アリアナール轟沈《ごうちん》！　……さらに攻撃を確認！　ちょ、直撃し……」

オペレーターの声は途中で途切れ、旗艦である宇宙戦艦バルソラは宇宙の藻屑《もくず》と消える。

《マスター、敵艦隊が回頭して撤退していきます》

「了解だナブ。帰投する」

俺は機体を操作して光学迷彩を解くと、漆黒の宇宙空間を軽快に飛行。スラスターを噴かして機体を加速させ、一条の光を残していく。

先にコントロールルームに帰還していた仲間達に出迎えられた。

「宇宙での初戦闘としては上出来か？」

「まぁ、こんなもんだろう」

タキノの言葉にサイが答える。

「みんなは問題ありませんでしたか？」

「レールガン射撃後の冷却時間が少し長いと感じたくらいかしら」

ヘルミナがレールガンの連射性能に不満を漏らす。

「その辺は追々改良していきましょう」

そう言うとヘルミナは納得して頷《うなず》いた。

「ナブ、敵の星もしくは拠点は分かるか？」

《はい、マスター。敵ネットワークへの侵入に成功しました。そこからの情報を精査中ですが、星の位置は判明しました》

ナブがそう答えると、空中に敵の星が映し出される。

《目標としていた星とも一致しています》

「そういえば、敵の船が魔力を使っていなかったのはなぜなんだ？」

《データを精査します……データによりますと、原初の船がこの星へと着陸後、順調に栄えた文明と共に人口が増え、使用魔力の枯渇現象が見られるようになり、その解決のために魔力から他のエネルギーへ転換したと考えられます。現在は人口増加問題により千年前から周辺宇宙へコロニーを建造し、そこへの移住が進んでいますが、それも限界に達しています。この星では他の星への移住も検討されていますが、恒星間航行を可能とする技術が発展していないようです。それにより古いコロニーは使用限界がきており、貧富の差や人口と食料問題も深刻になっている事から一部では崩壊し始めているようです》

「原初の船は今はどうなっている？」

《この星の記録では二千年前に姿を消したそうです。ですが我らの船が近づき、魔力通信をしたことから動き始めて、姿を現しました。原初の船のＡＩは我々との合流を望んでいるようです》

「そうか、その原初の船と合流しよう」

《はい、マスター》

原初の船と合流するため、ステルス機能を効かせて宇宙船は星へと進む。

どうやら原初の船は星から飛び立ち、隠蔽機能を使って軌道上を周回していたが、近づくと周回軌道を外れ、無事に合流することに成功した。

魔力通信によりその原初の船も俺がマスターとなり、この星から離れた場所で大幅な改修作業を行うこととなった。原初の船のＡＩは俺達の船のＡＩナブと統合され、船内拡張機能も移されて一・五倍の空間となった。他の部品も予備部品として保管しており、故障や破損してもすぐに部品交換することで安全に航行出来るようになった。

《マスター、微弱な生命反応を示す小型の船らしきものが近くの宙域へと流れてきています》
「映像に出せるか？」
《はい、マスター》
俺の目の前に映像が映し出される。
「これは廃棄船か？」
《システムに介入しました。この船の乗員は口減らしのためにコロニーから追放された者達のようです》
「生存者の数は？」
《子供のような反応が六……老人と思われる反応が八です》
「ナブ、助けよう」
《はい、マスター。回収ポッドを射出します……完了しました》
「何だ、どうしたんだ」
慌ただしくなった船内でタキノはルカに声を掛ける。
「ナブの話によると、宇宙に浮かぶ大きな生活空間のコロニーという所から口減らしのために廃棄船で流された人達を助けたらしいわ」
ルカはそう話しながら、難民達を運ぶポッドの姿を見る。
「見る限りじゃあ、老人と獣人の子供か」
「ええ、老人の半分は助からない可能性があります」
「コウか。文明は進んでいたんだろ？　何でこんなことが起きているんだ？」

「ナブの分析では貧富の差が激しく、政府は中級階級や上級階級の者達が満足出来るなら、下級民がどうなろうと構わないと考えているそうです。それで下級民は困窮して口減らしまでするようになってしまっていると……」

「文明が進んでいてもそれじゃあな」

タキノはポッド達が作業する様子を見ながらそう言った。

「コウ、これからどうするの？」

とルカが聞いてきた。

「もう、この星に用はありません。次の目的地に行くつもりです」

「ああ、こんな星には関わり合いたくねえな」

「そうね」

吐き捨てるように言ったタキノに、ルカが同意していた。


タキノは宇宙船内部のジョギングコースをランニングしていた。拡張された宇宙船内部に設置した森林公園の中にあるコースである。基礎体力の強化のため、タキノは身体強化などを使わずに走っている。

ジョギングコースの脇には小川が流れ、森林浴によるリラックス効果もある。この森林公園には鳥や小動物、昆虫類も放されている。そんなコースを走り抜けて、ほど良い汗をかいたタキノは船員用の部屋がある寮のエリアへと入っていく。

そこからエントランスを抜けて食堂を通過する。チラリと厨房《ちゅうぼう》を見れば、何やらルカが料理ポッド達と作業をしている姿が見える。この先には大浴場がある。汗をかいたタキノは大浴場で汗を流そうと思っていた。

「待ちなさい！」

「待たないー！」

「目が痛いの」

「にゃはは」

前方の大浴場から獣人の子供達がスッポンポンで出てくると、その後を人族の女の子が、これまたスッポンポンで出てきた。

「きゃ――！」

目が合ったタキノは思わず立ち止まったが、その女の子は顔を真っ赤にしてその場に蹲《うずくま》る。

ゴン！

「痛え！」

「この変態！」

頭を押さえて蹲るタキノを、フライパンを持ったルカが汚い物を見るような目で見る。

「おい！　不可抗力だろうが！」

「変態ね」

そうと言うと、ルカの後ろからヘルミナが現れた。

「うそ……変態だったのね」

とこれまた汚い物を見るような目でヘルミナが言う。

この寮には仲間達と救助された子供達が住んでいる。他にも助かった初老の二組の夫婦と、獣人の男女の子供が暮らしている住まいはこの寮とは別の場所にあり、３ＬＤＫの平家を二棟並べて建ててある。裏庭には小さな畑もあり、少ないが簡単な野菜を育てている。

第二章　宇宙生命体

航行も順調で、あと三日ほどで次に目指している星の星域に到達する。

ナブによると、大昔に連絡が途絶えた原初の船が複数あるらしく、俺達はその原初の船が向かったと思われる星々を巡ることにした。

食堂で休んでいると、ナブから連絡が入る。

《マスター、異常事態を確認しました》

「何が起きた？」

《はい、この星域に存在していた目標の星が確認出来ません》

「どういうことだ？」

《目標の星が存在していたと思われる場所にはデブリ帯が存在しているだけです。何らかの事情により星が無くなったと推察され、デブリ帯はその残骸だと思われます》

「原初の船の反応はどうだ？」
《デブリ帯の中で反応が確認されました》
「了解した。まずは原初の船との接触を優先しよう」
《はい、マスター》

　数日かけて到着した俺達はデブリ帯の中に探査ポッドを放ち、漂う原初の船との接触に成功する。この原初の船は移動機能を喪失していたが、ＡＩと空間拡張機能は無事であった。すぐさま回収すると、この星で起きた出来事が判明した。

〝宇宙生命体〟

　それがこの星を襲い、ありとあらゆる資源やエネルギーを貪《むさぼ》って破壊したのだそうだ。ナブの記録によると、その宇宙生命体は古代にも確認されているという。それは意思を持たず、ただ単に増殖するために星々を食い尽くす宇宙害獣であると。低級・中級・上級の宇宙害獣が確認されており、上級の相手をした古代人も討伐するのに多大な損害を出したそうだ。
　回収した原初の船の記録には、約五百年前に三千もの低級の宇宙害獣が来襲してこの星を滅ぼしたとある。ナブはこの記録から、宇宙害獣が取り込んだエネルギーや資源で増殖の段階に入り、周辺の星域に潜んでいる可能性があると警告してきた。それにより、デブリ帯を中心に探査ポッドで探索する事を決定した。
《マスター、宇宙害獣と思われる反応を確認しました》
　ナブがそう告げると、反応があった場所が３Ｄホログラムで目の前に表示される。

「近いな」
《はい、危険な状態と思われます》
「我々で対処は可能か？」
《精査します……可能と思われます》
「殲滅《せんめつ》しよう。ナブ、作戦を立案してくれ」
《はい、マスター》

「出るわよ、ルカ機発進！」

ルカの機体が射出されていく。

「発進シークエンス開始……全ての項目クリア。発進する」

《お気をつけて》

ナブの声を聞いた俺は、軽いＧを感じながら機体で飛び出した。

後方でルカが探索ポッドを飛ばしてデブリと宇宙害獣の位置データを把握。そのデータを俺の機体へ送る。サイ、タキノ、ヘルミナの機体は宇宙船の護衛として船の周りに展開する。そして、俺だけが高速でデブリ帯を突破し、宇宙害獣が取りつく巨大な星の欠片《かけら》を攻撃して駆除する。これが今回の作戦だ。作戦の要は俺の機体にだけ取り付けられた機能を試す意味合いもある。失敗した場合は全機で宇宙害獣を駆除する事となる。

俺の目の前にはルカの機体から送られてきたデータが３Ｄホログラムで投影されている。そこには最短でデブリ帯を抜けるルートが記されていた。それを確認した俺は機体のスラスターを全開にしてデブリ帯へ突っ込んでいく。

「おいおい、コウの奴《やつ》すげえな」

タキノはコックピットの中に投影されたコウの機体の軌跡を眺める。

『ナブの計算だと私達の三倍の速度だそうよ』

ヘルミナが魔導通信で答える。

俺の機体はスラスターで光跡を引きながら密集するデブリ帯の間をすり抜けていく。

ルカから送られてきた更新データに変化が見られる。どうやら宇宙害獣が接近してくる俺の機体を察知して覚醒したようだ。データが刻々と変わり、徐々に宇宙害獣もこちらへと近づいてきているのが分かる。その数四千。俺の機体はデブリ帯を抜けるとスラスターを逆に吹かして急停止する。

俺はふぅ～と一息ついて次の作業に入る。

「魔導リンク解放……確認。魔力充填《じゅうてん》……充填率五十％……六十％……八十％……九十％……百％。機体内魔力充填完了。これより自身の魔力を解放する。解放率十％……四十％……七十％……次のシークエンスに入る。魔法陣多重展開……前方一㎞先に百の魔法陣を展開……その後方一ｍにも同様に展開……さらに……五重に展開完了。充填魔力解放……さらに解放魔力も乗算……魔法陣臨界……」

俺の機体が光り魔法陣が前方から弾《はじ》けて光の矢を吐き出す。五千もの光の矢が次々に宇宙害獣へと降り注ぐ。一本一本の光の矢は俺の魔力によって強化され、尻尾《しっぽ》の無いカブトガニのような銀色の宇宙害獣の身体《からだ》に突き刺さり、爆発して消えていった。

光が弾けきった俺の機体はキラキラと流れ散る魔力の残滓《ざんし》を浴びながら佇《たたず》み、結果をモニターで

確認し、機体を操作して帰還する。

「まだまだ、だな。少しはコウに追いついたと思ったんだけどな」

サイはコックピットの中でそう呟《つぶや》いた。次々と宇宙害獣が消えていくホログラムを見る。そして、雑念を振り払おうと頭を左右に振ると、全ての宇宙害獣が殲滅されたのを確認して船へと帰還した。

今回俺が試したのは、機体の魔力が枯渇した状態で自身の魔力を使えるようにするリンク機能だ。これにより機体の限界以上の魔力を使用することや、攻撃力や継戦能力を上げることが出来る。そのための試用だった。

そして、成功した後も俺の魔力にはまだまだ余力があり、攻撃力をさらに上げられることも確認出来た。

ナブは殲滅した宇宙害獣の破片をポッドで集めて解析した。これにて近辺の脅威は排除され、戦力の増強を図ることとなった。

まずは回収した原初の船の空間拡張機能を移設し、最初期に比べると二・二五倍に空間が拡張された。そして広くなった空間を利用して小型戦闘艦二隻分のドックを追加。それに伴い回収した原初の船のＡＩを使って無人の小型戦闘艦を建造。これをドックに収納することとなった。

小型戦闘艦の機能は魔導ビーム砲が六門。魔導結界シールド、ＶＬＳミサイル発射装置四十、ポッド百機、アーマー格納可能数五機となっている。人族による操作も可能だが、操作機能は最小となっている。随行可能な小型戦闘艦によりアーマー五機全てが発進しても船を守ることが出来るようになった。

ちなみにディープドライブは設置されていない。基本ディープドライブを使う時は船内ドックに収容する。

　無人運用試験を数日間続けて問題ないことが確認されると、今度は有人運用試験を行うことになった。この試験にはタキノとルカがアーマーを小型戦闘艦に搭載して数日間の航行試験を行う。

「なあルカ」

　タキノは小型戦闘艦のコンパクトなコントロールルームの座席に座り、データをチェックするルカに声を掛ける。

「何よ、変態」

「変態じゃねえ！」

　振り返らずに答えたルカに、タキノは溜《た》め息《いき》をついた。

「なんつうかよう。サイと俺はコウと旅をしてここまでついてきたがお前は違うだろ。こんな所まで来て良かったのか？」

　タキノがそう言うとルカは振り返った。

「まあね、初めはここまでついてくることになるとは思ってなかったわ。でもね、一緒に旅をして魔法や料理を習っていくうちにね、今までは何も出来ないと思っていたのに目の前がパァーッと開けたのよ」

「ほう」

「それにね、コウといると面白いじゃない」

　ルカは笑顔になる。

「それはそうだな」

「ほら、私達宇宙なんか知らなかったじゃない。これからどんな事が起きるか楽しみだし、どんな事が起きても私達なら何とか出来そうなのよね」

ルカはデータを映し出すモニターを見やる。

「まぁあれだ……これからもよろしくということだな」

とタキノはそっぽを向く。

「何よ、気持ち悪いわよ」

「何が気持ち悪いだ！　チビ！」

ゴン！

「痛《いて》ぇ！」

小型戦闘艦の有人航行試験を無事終えると、次の目標の星へと向かうこととなった。小型戦闘艦を船内ドックに収納する。準備が整ったところで、次はディープドライブで航行する。

ディープドライブ中は亜空間に落ちるように進むため船外に出られない。そのため、小型戦闘艦での有人航行試験で出た要望などを聞き、改修を加えることにした。

コントロールルーム、仮眠室、アーマー格納庫、シャワールーム、小規模な食堂がタキノとルカから提案された。俺はこれを了承。元々、小型戦闘艦内部には余裕があったのでそれらの機能を追加した。まだまだ余裕があることから将来的にはディープドライブ装置の設置も考えている。

数日間のディープドライブによる航行を終えると、目標の星域近くに到着した。

「ナブ、船に問題はないか？」

《はい、マスター。問題ありません》

「目標の星は？」

《存在を確認出来ました》

「分かった。予定どおりに小型戦闘艦による先行偵察を実施してくれ」

《はいマスター。サイ、ルカによる小型戦闘艦での先行偵察を実施します》

「問題ないわね」

　ルカは先行偵察に出た小型戦闘艦のコントロールルームでデータを確認しながら呟く。問題がないことを確認して安心したルカは、コントロールルームを出て新たに設置された食堂へと向かう。

　小型戦闘艦内の居住空間の設備は仮眠室最大十名（一人部屋二、四人部屋二）、食堂最大三十名（簡易自動調理器）、シャワールーム五、トイレ五となっている。

　食堂に入ったルカは、サイが書物を読んでいるのを目の端で確認しながら簡易調理器のメニューを操作して紅茶を選択する。数秒でカップに淹《い》れられた紅茶が出てきて、それを持ちながらサイの座るテーブルへと近づく。

「また魔導書を読んでいるの？」

　サイはちらっとルカを見て書物に目を戻しながら「ああ」と素気《すげ》なく返す。

「やっぱりこないだの戦闘の事かしら」

　サイは魔導書をテーブルに置いて、ルカに鋭い視線を向ける。

「何の事だ」

「コウの戦闘の事よ」

ルカはサラッと流し、サイは苦い顔をする。

「まあな」

「コウはコウだし、サイはサイだから別に気にする事はないんじゃない？　まぁ、同じ魔法師としてはあれはショックよね。たしかにあれは絶望を感じたわ。私も魔法を使えるようになって、いつからかコウに近づけたんじゃないかと思っていたからね」

ルカは俯《うつむ》きながらそう言う。

「そうだな、俺もコウの足元ぐらいには追いついていると思っていたんだがな」

「でもあれね。倒しがいのある目標ね」

とルカは明るくサイに言う。

「ああ、目標は高い方が良いからな」

天井を見上げて何かを振り払うようにサイは言う。

「そういえばナブには相談した？」

「いやしていないな。なんでナブなんだ？」

「だってナブって古代からの情報を持っているじゃない。だったら魔法力を上げる方法も知っているんじゃないのかしら」

「そういうことか、それは考えたことがなかったな。サンキューな、ルカ」

サイは光明を見出《みいだ》したかのような顔でルカに言う。

「私もね、みんなに負けたくないからナブに色々相談してるのよ。今はデータ処理とか魔導システムの原理とかね。特に魔導システムの原理については難しいけどためになるわ。将来的にはシステムの構築とかもしてみたいしね」

「色々考えているんだな」

目を輝かせながら語るルカに、サイは感心したように言った。

「本当に昔の私では考えつかないくらいに楽しいわ。コウには感謝ね」

ルカは眩《まぶ》しい笑顔でサイを見る。

「そうだな」

サイは苦笑まじりに同意した。


サイは小型戦闘艦の個室に入ると、外を映すモニターを見て考えを整理する。考えがまとまったところで部屋に設置されている端末を操作するとナブにアクセスする。まずは魔法力を上げる方法はあるか？　魔力量を上げるには？　と思い浮かんだ事をナブに聞いてみると、ナブからなぜそんなに焦っているのかと問われた。

サイは正直にコウとの差を目の当たりにして焦っている事をナブに伝えた。するとナブはサイが考えてもいなかった事を話し出す。ナブが指摘したのはサイの現状だ。ナブが精査したデータからすると、魔法力と魔力量はサイの生まれた星でコウを除けば一番だということ。それも圧倒的に。

さらにナブの話は続き、今の魔力量から換算するとサイの寿命はあと三百年なのだそうだ。現時点でもおとぎ話の賢者のような存在だとナブは言う。

たしかに低級魔法なら同時に五十以上は展開出来るし、上級魔法でも同時に複数の行使が可能なのだ。しかし、上級魔法の威力に匹敵する魔法を、コウはアーマーを通してでさえ数千もの数を操っていた。それを見てしまってからサイは焦っていた。

現在使われている料理の材料は基本的に船内で収穫されたもので、野菜や魚介類、肉類全て魔力が豊富に含まれている。だから、それを毎日食べているだけでも魔力量は上がり、サイが常日頃行っている訓練だけでもその魔法力と魔力量は上がり続けるだろうとナブは推察した。

それにサイはまだ若い。十代なのだ。

ナブの予想では、このまま魔法力や魔力量が順調に伸びれば寿命は千歳を超えるだろうと言った。

千歳だ。

サイはナブに言われて初めて気がついた。今の環境は異常なのだと。何の憂いもない環境なのだと。サイは自然と笑みがこぼれる。何の問題も無い。慢心せずに訓練を続ければいつか必ずコウの足元に辿《たど》り着《つ》けるのだと。ならばやってみせようではないか。

〝遥《はる》かな高みへと辿り着く〟と。

サイはさらに効率的な訓練方法をナブから教わり、訓練スケジュールを組んでいった。


ルカは休憩を済ますとコントロールルームに戻り、ナブとデータの確認作業を再開する。一段落したところで、先ほどサイと交わした会話を思い出していた。

「みんな色々と悩みながらやっているんだよね」

思わずそう呟く。たしかに私も必死に魔法の訓練しているし、ナブに教わりながらデータの処理や魔導システムの原理や構築方法などを勉強している。このままではいけない、置いていかれると焦りにも似た感情が湧く。サイにもそんな感じなのだろう。

私から見ればサイも特異な存在だ。コウのアレが普通なのだと錯覚してしまえば、それは焦りもするだろう。

でもコウが規格外過ぎるのだ。

アレは別の生き物だと考えるのがいいのだ。ナブと会話しているとよく分かる。ナブでさえおかしいと思っているのだから。

まぁ、そんな事は置いといて、今は毎日が充実している。楽しいのだ。あの辺鄙《へんぴ》な村にいた頃では考えられない生活だ。絶対に喰《く》らいついてみんなについていく。絶対だ。もうあんな生活に戻るのは嫌なのだ。

《ルカ、もうすぐ目標の星に到達します》

「ええ、ナブ。では予定どおり、ステルス状態で探査ポッドを目標の星に射出して」

《了解、ルカ》

ナブとやりとりをしながらモニターを見ていると、次々と探査ポッドが射出されていく様子が表示される。

射出された探査ポッドからはすぐに周囲の状況の詳細データが送られてくる。

「この星の原初の船とのコンタクトはどうかしら」
《現在、通信による接触を送信中……返答あり》
「特に問題ない？」
《はい、ルカ。問題なく原初の船とのやりとりは成功です》

母船内の自室で寛《くつろ》いでいると、ナブから報告が入ってきた。
「どうした？」
《はい、先行偵察中の小型戦闘艦が予定宙域へと到達しました。探査ポッドを無事に射出して順調に目標の星のデータを採取しています》
「そうか。原初の船は？」
《原初の船とのコンタクトに成功し、原初の船は当初の目標を達成したとして、こちらとの合流を望んでいます》
「了解した。段取りは任せた、ナブ」
《はい、マスター》
俺は自室のソファーに寝転びながら読みかけの古代書を読む。側《そば》のテーブルにはウィスキーのロックとローストしたナッツがツマミとして置かれている。カランッと溶けた氷がグラスの中で音を立て、部屋のモニターには光り輝く宇宙の景色が映し出されている。体を起こしてウィスキーを一口飲み、ひと息つく。ナッツを一つ摑《つか》んで口に入れ、ウィスキーとのマリアージュを楽しむ。

「美味《うま》い」

そう呟き、ソファーにゴロンと転がって古代書の続きを読む。

そして緩やかな時間が流れていく。


ヘルミナは船内にある森林公園のジョギングコースを走っていた。ナブにトレーニング方法を相談した時に考えたメニューの一環である。これは魔法の練習をするにつれて上がった魔法力や魔力量に対応するための体を鍛えるメニューだ。

私達エルフの魔力量は元々多く、寿命も長い。それが最近の魔法の練習で魔力量がかなり増えた。ナブによると出会った時と比べて倍になったという。そんな魔力量を支える体を機械トレーニングやランニングで鍛えている。何にしてもこの森林公園の空気は美味《おい》しい。

サイにしてもタキノにしても、もちろんルカもかなりの魔法の練習や色々な勉強、武術の訓練をしている。彼らの実力は、私ではまだ太刀打《たちう》ち出来ないくらいの差がある。でもナブによると、あと少し練習をすればその差は格段に縮まるのだそうだ。

疑問はあるが、自分の能力が上がっていく実感が楽しくて訓練をしている。

本当に彼らと出会えて良かった。

ランニングが終わり、寮エリアの前の広場に着くと、何やら人族の少女が手本を見せながら、獣人の子供達と体操をしていた。

少女の名前はマリンちゃん、十三歳。栗色《くりいろ》の髪に色白で目がクリクリしている可愛《かわい》らしい女の子だ。狼《おおかみ》獣人の元気な男の子はロックくん、六歳。やんちゃでいつも走り回っている。狼獣人でロックくんの弟のクロウくん、五歳。この子はいつも兄の後について回っては真似《まね》をしている。最後に猫獣人の女の子メルちゃん、五歳。この子は元々ロックくん達の家の隣に住んでいた幼馴染《おさななじみ》。この子もロックくん達の後ろについて駆け回っていて元気だ。

そんな子達がぎこちないながらも体操をしている。聞いた話によるとこれもナブによる教育の一環らしい。他にも文字の簡単な読み書きの勉強もしている。

その子達の横を通り、寮エリアでシャワーを浴びてさっぱりする。

シャワーを浴びた後は食堂でフルーツ牛乳という飲み物を飲む。これが美味しい。

最近のお気に入りだ。

さて今日はルカもいないことだし、この後はアーマーのシミュレーションでもするかな。

第三章　魔法の星

目標の星の周回軌道を回っている小型戦闘艦のコントロールルームで、ルカは探査ポッドから送られてくるデータを見ながらナブと意見を交換していた。

「ナブ、データからすると私達の星程度の文明かしら？」

《はい、ルカ。どちらかといえば魔法に特化した文明でしょうか。どうやら魔法はルカ達の星よりも進んでいるようです》
「これなら降りられそう？」
《はい、ルカ。多分大丈夫でしょう》
「それは楽しみね。コウに連絡してもらえる？」
《了解しました、ルカ》

ナブの報告を受けた母船は目標の星へと向かい、現在は小型戦闘艦を回収して星の周回軌道上を回っている。
俺達は母船のミーティングルームでナブから星の調査結果を聞いていた。
「ではナブ、この星の一番大きな大陸の中央にある国、その首都の近くに原初の船があるのだな」
《はい、マスター。ダズラル大陸、ダズラ中央王国、首都アズラから北東へ約五㎞の地下に秘匿されています。現王国となる前に原初の船との関係は無くなっています》
「どんな種族がいるのかしら」
《はい、ヘルミナ。基本は人族で、その他にも各種獣人やドワーフ、エルフがいます。比較的にダズラ中央王国には差別が少なく、満遍なく各種族が住んでいます》
「言葉や文字は？」

《サイ達が住んでいた星と変わりありません。追加情報ですが、マスターが住んでいた国と同じような商業ギルドがあります》

それを聞いた俺は苦笑する。謎カードは使えるのかどうなのかと。

それからは一般的なダズラ人と似たような服装を用意して準備をした。

数日後、準備も整ったということで首都アズラ近郊に降りることとなった。一行はアズラから十km離れた森の中に降り立ち、そこから森を抜けて街道を目指す。

街道に入ると、そこには行商人が護衛を連れて荷馬車で移動しているのが見えた。地上に降りた時に、探査ポッドから虫型マイクロポッドを放っており、その情報によると魔獣が多いのだという。盗賊は、王国の騎士団が定期的に街道周辺を巡回して討伐しているようで少ない。

ちなみに、風魔《ふうま》は母船に残してきている。

陽気の良い街道を一行はゆっくりと進む。

遠くの空に鳥の魔獣が見える。ビッグバードだろうか？　唐揚げにしたら美味《おい》しいんだがと考えながら歩く。

後ろから豪華な箱馬車が迫ってくる。何やら急いでいるらしい。俺達はあわてて道を譲り馬車が通り過ぎるのを待つ。箱馬車の側面には紋章が大きく描かれていたが、その意味はもちろん分からない。箱馬車と共に、馬に乗った騎士らしき者達も走り去っていった。

街道に戻って道を進むと、貴族と見られる豪奢《ごうしゃ》な服を纏《まと》った者達と出くわした。その護衛の者に先ほど通り過ぎた箱馬車の事を聞いてみると、現宰相の家の馬車だという。関わるつもりもないので、挨拶をしてその者達と別れた。

首都アズラには水晶に手を翳《かざ》すだけで入ることが出来た。

中に入るとかなり栄えているのが分かる。道幅は広く取られて道沿いには店が数多く並び、活気がある。見張りの兵士に色々聞くと、この辺りは平民地区で店が多く、商業ギルドも近くにあるという。まずは商業ギルドに行ってみることにした。

商業ギルドに着く。建物が無駄にデカイ。見上げるほどにデカイ。でも建物の雰囲気は悪くない。派手過ぎず、最低限の威厳を感じさせる装飾で、太い石柱の正面入り口の上には大きな丸い窓がある。

中に入ると、吹き抜けのエントランスホールが広がり、頭上の正面の壁に大きな絵が飾ってある。迫力のある絵だ。何かの戦争の絵だろうか、先頭には平民服を着た男が大きな旗を持って瓦礫《がれき》のなかを歩き、武器を持った人々を従えている姿が描かれている。

入って右側にはカウンターがあり、十人ほどの受付係がいた。真ん中の空《す》いている受付へと向かい、声を掛ける。

「何か御用ですか？」

「確認したいのですが、これは使えますか？」

商業ギルドのカードを受付の女性に渡した。女性は少年にしか見えない俺を不思議に思ったのだろう、半信半疑で受け取ったカードを魔導具に通した。

「お客様……このカードはお客様の物ですか？」

「そうですけど」

「失礼ですが、確認のためにこちらの水晶に手を翳していただけますか？」

恐る恐る机の上に置かれた水晶に手を翳すと、受付係の女性は目を丸くして口を開けたまま固まった。

「少し席を外します」

そう言って受付の後ろにある部屋へと入っていった。

数分後、受付係の女性は四十代くらいの品のある男性を連れて戻ってくる。

「お待たせしました。これより私に担当を代わらせていただきます。私は当ギルドの副ギルド長を務めるダン・アルイドと申します。失礼だとは思いますが、もう一度この水晶に手を翳していただけますか？」

俺は苦笑しながら言われたとおりにもう一度水晶に手を翳す。その瞬間、副ギルド長は眉間にシワを寄せたが、すぐに笑顔になってカードを返してきた。

「何か問題でもあるのでしょうか？」

「ええと、なんと申しますか……いささか年齢が……若く見えまして」

俺の後ろから笑いを堪《こら》える人物の気配がする。

「そ、そうですか」

俺が困ってそう答えると、堪え切れなかったタキノが「ぶっ」と噴き出した。イラッときたが、無視する。

「魔力が多いと若い姿のまま長生きする、といった話を聞いたことはありますか？」

「そんなおとぎ話のようなことが、通用するとでも思っていらっしゃるのですか？」

目の前の副ギルド長がそう返してくる。これには腹が立ち、魔力を抑えている結界を解除して、一瞬だけ空間が歪《ゆが》むほどの魔力を漂わせる。

するとバタンバタンと周りの人達が倒れる音が響き、後ろで「うっ！」「ぐぅ！」「きゃっ」「うっ」と声がして肩を摑《つか》まれる。

「コウ！　やり過ぎだ」

サイが声を掛けてきた。俺も流石《さすが》にやり過ぎたと感じ、魔力を抑える結界を元に戻して前を見ると、椅子ごと後ろに倒れて泡を吹いたまま気絶する副ギルド長がいた。

数分の間サイとルカに怒られていると、バンッと受付の後ろの扉が開いた。

「何事だ！」

初老のダンディな男性が声を張り上げ、辺りを見渡しながら副ギルド長が倒れているのを発見した。頰を叩《たた》いて起こされた副ギルド長は目を覚まし、こちらを見て「ヒイイ！」と後退《あとずさ》る。

ダンディな男が副ギルド長から事情を聞き出すと、こちらを見て頭を下げた。

「職員が失礼をしたようで申し訳ありませんでした」

副ギルド長に何かを告げたダンディな男性は、椅子を元の位置に戻して座る。

「私は当ギルドのギルドマスターを務めるミラノ・アルベルトと申します。誠に申し訳ありませんでした」

と改めて頭を下げた。

私は二十階の執務室で書類を整理していたところ、突然足元から禍々《まがまが》しい魔力の波に襲われた。

一体、何が起きている!?

慌てて席を立ち、問題が起きたと思われる一階のエントランスホールへと魔導エレベーターを使って降りると、バタバタと人が倒れている状況が目に飛び込んできた。

「何事だ！」

足元で副ギルド長が口から泡を吹いて気絶しているのが見えたので、頬を叩いて起こすと受付の前に座る少年を見て後退った。

とりあえず副ギルド長を落ち着かせて話を聞くと、どうやらこちらに不手際があったようだ。それを聞いてすぐに謝罪をした。

頭を上げて少年を見ると、この少年からは魔力が感じられない。不自然だ。誰しも少なからず魔力を持っている。だが、それが全く感じられない。恐らく少年の魔力隠蔽が完璧なのだろう。それを見抜いたうえで少年を信じようとしなかった副ギルド長の処遇は、考えないといけないかもしれない。

それにどうだろうか。少年の後ろに立っている四人が問題だ。左から人族の魔法師と剣士、恐らくドワーフにエルフ。その四人が発する魔力も半端なく多い。剣士でさえ尋常ではない魔力を発している。このことから見て、この少年は後ろの四人のリーダーなのだろう。

少年が差し出したカードの記録を見ると、ランクはSランクで途方もない金額が入っている。ただ者ではない。慎重に対応しなければ、このギルドは疎《おろ》か国にまで影響があるかもしれない。

多少のトラブルはあったが、無事にお金も下ろせた俺達は宿を取ってから周辺を散策することにした。宿はギルドで聞いたおすすめを紹介してもらい、お詫《わ》びとして一泊はタダで泊まれるようになった。宿の場所だけ確認したら散策だ。

商業ギルドカードは流石の謎っぷりだ。どういう原理で運用されているのだろうか？　謎だ。

宿の確認も出来たので散策をする。たしかに店が多い。それに気付いた事がある。道行く人達から感じる魔力が多い。子供でもリンドルンガにいる大人と変わらないほどの魔力があるようだ。これは子供の頃から魔法に慣れ親しんでいるからなのだろう。そして、タバコに火をつけたり、店の前に水を撒《ま》いたり、あちこちで生活魔法が使われている。

面白い。

路地裏では幼い子供達がしゃがんで生活魔法の穴掘りを使ってアリの巣を掘り返していた。

店を覗《のぞ》くと照明や生活関連の魔導具も多く揃《そろ》っており、普及しているのが分かる。

ナブの言うとおり、かなり魔法が進んだ国なのだろうな。

四人にある程度の資金を渡すと、サイとタキノは武具店と魔導具店へ。ルカとヘルミナは服飾店を見て回るようだ。

俺はテラス席がある店で休憩することにした。適当にハーブティーを頼んで飲んでみたら、これが当たりだった。絶妙なブレンドで香りも良く美味しい。ブレンドされたハーブを買えるなら帰りに買いたい。テラス席に座りながら道行く人々を見る。一様に表情が明るい。善政が敷かれているのだろうな。路上生活者のような者も見ない。どこかに闇の部分もあるのだろうが、ここからは感じられない。

良い王国だな。

ふと服飾店の方を見ると、ちょうどルカとヘルミナが店から出てきた。二人はこちらに気付いて手を振りながら近づいてきて、同じテーブルの空いている席に座る。何を飲んでいたか聞かれたのでなかなか美味しいハーブティーだと言うと、二人も同じ物を頼んだ。後で聞いたら気に入ったようだ。

それにしても二人はよく喋《しゃべ》る。キャピキャピと十代前半のように喋る。ルカはもう二十歳を過ぎていて、ヘルミナなんて四十歳を過ぎているのになと考えていると、二人の会話が止まっていた。

二人とも冷えた目でこちらを見ている。

「コウ、あなた今何かよろしくない事を考えてた？」

「たしかに不穏な感じがしたわ」

ルカに続いてヘルミナがじと〜っとした目で見てくる。

「特に何も考えていま、せん、が」

背中に冷たい汗をかきながら、努めて冷静に白を切り、カップに残ったハーブティーを飲み干す。

それで心を落ち着かせてから改めてメニューを眺め、焼き菓子があるのを確認してオススメを頼むとナッツの香ばしいクッキーがテーブルに置かれ、これまた当たりでその場を誤魔化《ごまか》す事に成功する。

しばらくすると武具店と魔導具店を見ていたサイとタキノがやって来たが、二人は偵察と情報収集を兼ねてこれから飲み屋に行くそうだ。

用事もないのでルカとヘルミナを連れて宿に行き、案内された部屋で休む。ルカとヘルミナは買った服を着てみるようだ。

日が暮れて部屋の中が薄暗くなった頃、軽い食事をしにロビーへ降りると、何やら争う声が聞こえてきた。

「お客様、先ほどから申し上げているとおり、本日のスイートルームは全ては予約で埋まっております」

「そこをなんとかするのが支配人じゃない。私はこの国の宰相の娘よ。なんとかしなさい」

「そう言われましても無理です」

支配人は断っているが、相手は引き下がらない。

う～ん、たしか……ルカとヘルミナ、サイとタキノでそれぞれ二人部屋を取っていてどちらもスイートだな。ああ、俺の部屋も二人部屋だが一人で使っているスイートルームだった。これは一部屋譲るか？　ベッドを追加で用意してもらってサイ達と三人で泊まっても良いもんな。そう考えて支配人のところに行く。

「あの～、よろしいですか？」

「これはコウ様。お騒がせして申し訳ありません」

支配人は頭を下げるが、宰相の娘はこちらを睨《にら》む。その後ろにいる鎧《よろい》を着た護衛の者達二人も剣に手をかけて警戒する。

「何か問題でも？」

「いえ、何も問題ありません」

「大ありよ！　早く、スイートを用意しなさいよ！」

「申し訳ありませんが、今日は満杯です」

宰相の娘は激昂《げきこう》しながら支配人の下げた頭を叩く。バシンッと音がするが支配人は姿勢を変えない。プロだな。そんな支配人の頭をもう一度叩こうとするが、俺はその手を掴んで阻止した。

「放しなさい！」

娘は顔を真っ赤にしてそう言うので放すと、ゴロンと後ろに転ぶ。それを見た護衛の者が抜剣して切り掛かってくるが、結界で阻止する。

ガキン！　ガキン！

結界に剣が当たる音がロビーに響くと、外で待機していた他の護衛三人がロビーへと入ってくる。事情も聞かずにその三人は抜剣して俺を囲む。

「その方に非はありません」

「私の手を掴んだのよ！　非があるわ！　斬ってしまいなさい」

宰相の娘は支配人の説得にも応じずそう言い放ち、護衛五人が一斉に俺に斬りかかる。

しかし、俺の結界により護衛達の剣は弾《はじ》かれる。護衛達は再度剣を構えて対峙《たいじ》する。

「何をやっているの！　さっさと斬ってしまいなさい！」

娘は叫び、護衛達を叱咤《しった》する。護衛達はアイコンタクトを取って再度一斉に斬りかかるが、俺の結界を破る事は出来ない。

そこに飲み屋での情報収集を終えたサイとタキノが宿に入ってきた。

「おいおい、おもしれぇじゃねえか」

タキノが俺のもとへと走ってくる。

「タキノ、生捕りでお願いします！」

「承知！」

タキノが護衛達に肉薄する。あっと言う間に護衛に近づき、鞘《さや》で殴って気絶させ、一分もかからずに護衛達を地に伏せた。

「コウ、何事だ」

サイが俺に近づいてそう言ってきた。

「あの女性が支配人に暴力を振るっていたところを止めただけなんですけど……」

そう言いかけたところで、宰相の娘が魔法を詠唱しだした。俺は咄嗟《とっさ》に彼女を結界で包み、発動した魔法は行き場を失い、暴発。結界の中で荒れる風の魔法は彼女自身を痛めつける。

「ギャアアア」

宰相の娘は悲鳴をあげると意識を失って倒れた。

その後駆けつけた衛兵に事情を聞かれるものの、支配人のとりなしにより事なきを得た。宰相の娘と護衛は連行され、尋問を受けるようだ。

「コウ、なんで始末しなかったんだ？　あんな奴《やつ》らは盗賊よりもタチがわりいぞ」

「う〜ん、あの護衛や娘を消すのは簡単ですが、後を考えて事を荒立てたくなかったからですかね。もちろん、無視して宇宙に行ってしまえば良いし、何だったら今の私達にはこの国を消してしまうくらいの戦力があります。でもそれをやってしまうとあの宇宙害獣と同じ気がして……」

「なるほどな、納得だ」

タキノは親指を立てた。


首都アズラ、レオナルド・フォン・アズルナリ侯爵邸。

「お前は何をやっているのだ！　これで何回目だと思っている」

アズルナリ侯爵の娘であるサリニア・アズルナリを怒鳴る声が部屋に響き渡っていた。

「お父様！　私は悪くありません。あの下賤《げせん》な者達が悪いのです。それに元はといえば宿の支配人が部屋を用意しなかった事が問題なのです」

「事情は全て調べて分かっておる。既に埋まっている部屋をお前の我儘《わがまま》で空けろと言い放ち、頭を下げる支配人へ暴力を振るったあげく、それを止めた宿泊客に護衛が斬り掛かったとな」

「あの支配人は叩かれて当然です。高貴な私が部屋を用意しろと言ったのですから、それに従うのは当たり前ではありませんか？　それに下賤な者を斬ろうとも問題ありませんわ」

「前にも言ったぞ、次はないとな。お前は侯爵家から追放だ。修道院にでも送ってやる」

「お、お父様！　それだけは考え直してくださいまし」

サリニアは必死に取り繕うが、アズルナリは取り合わずに部屋を出ていった。

「あの者達がいけないのです。あの者達を亡き者にすれば、お父様も考えを変えてくれるに違いませんわ」


応接室を出たアズルナリ侯爵は執務室へと入る。

執事にハーブティーを用意させると一口飲んで一息入れる。

「育て方を間違ったか。アレク、例の宿泊客については何か分かったか？」

アズルナリが側《そば》に控える執事に声を掛けた。

「はい、一部の情報ですが分かりました。商業ギルドのギルドマスターからは、絶対に手を出してはいけない者達だと。一行は五人で少年をリーダーとし、魔法師、剣士、ドワーフ、エルフの四人の仲間達はいずれも手練《てだ》れで魔力量は魔法師団長の倍以上はあると言っていました。加えてリーダーである少年は、普段は何らかの方法で魔力を抑えており、その魔力量は計り知れなく、年齢も見た目通りではないだろうと」

「サリニアはそんな者達に手を出したと？　よく命があったものだな」

アズルナリは目を瞑《つぶ》り、考えをまとめる。

「アレク、サリニアは侯爵家から追放して修道院へと入れる。これは決定だ。その宿泊客への対応は金貨百枚を詫びとしてすぐに送ってくれ」

「畏《かしこ》まりました」

アレクは執務室を出ていく。

首都アズラ、某所。

「現宰相、侯爵の御令嬢であるサリニア様からの依頼だ」

と依頼人の男はテーブルの上にガシャリと金貨の詰まった革袋を置く。

「で、誰をやればいいんだ」

「この宿に泊まっている五人組だ」

対面に座る男は差し出された紙片を手に取り、情報を確認する。

「案外と楽な仕事のようだが？　好きなようにやってもいいのか」

「ああ、それは任せる」

依頼人の男が立ち去り、控えていた数人の男達が部屋から出ていく。


翌朝、俺達は侯爵家からの詫びの金貨が入った革袋を受け取り、宿を出発した。

「良い天気ですね」

俺が空を見上げながらそう呟《つぶや》き、仲間達の最後尾を歩く。先頭はルカとヘルミナが並び、朝から騒がしく喋っている。その後ろに少し気怠《けだる》そうなサイとタキノが続く。

首都アズラを出ると、ナブの誘導により原初の船があると思われる場所を目指す。どうやらアズラの人達にとっては聖域とされており、普段は立ち入る事が出来ない場所のようだった。

「誰かが俺達に近づいてきているな」

「はい、タキノ。三十人はいますね」


首都アズラ、レオナルド・フォン・アズルナリ侯爵邸。

「アズルナリ様」

「どうしたアレク」

「昨夜から姿が見えなくなっていた使用人が今朝帰ってきまして、問いただしたところ、お嬢様の命令で裏の者を雇ったと」

「何だと。狙いは宿の例の客か？」

「はい、そのようでございます」

「アレク、至急我が家の騎士団を派遣しろ。一刻も早くだ！」

「畏まりました」

アレクは執務室を出ていく。

「実の娘とはいえ、厄介な事をしてくれる。葬るしかないか……」

寂しそうにアズルナリは呟く。

「遅れるな！」

先頭の馬に乗った騎士が声を上げると、後ろに続く騎馬が速度を上げる。その勢いのまま首都アズラの門を抜けた先の森を目指す。情報ではこの先の聖域にサリニア嬢が雇ったであろう者達がいるはずだ。

視界が開けた場所に出ると、その先は異様な光景となっていた。

「こ、これは……」

人相の悪い男達が首だけを出して地面に埋まっている。馬から降りて検分しようとしたその時、
ゴゴゴゴゴ！

という地鳴りがして、前方の上空が光る。その辺りは聖域のはずだった。

「な、何だ！　何が起きている！」

騎士達が光る空を見上げると、見た事もない大きな物体が急激に上昇していく。

「あれは何だ！」

騎士達は急いでその先へと向かうと、聖域を囲っていたはずの結界が消えていた。恐る恐る聖域の中に入っていくと、空を覆っていたはずの木々の中心にぽっかりと大きな穴が開いている。それを確認した騎士達はすぐに首都へ戻っていった。

この星の原初の船に乗り、俺達は軌道上で母船と合流した。ナブの意見を取り入れ、原初の船から回収した空間拡張機能で母船の内部空間を三倍にまで拡張させ、その原初の船のAIを小型戦闘艦二番艦のコントロール用のAIとする。空間拡張機能が追加された母船はドックも拡張された。

俺は母船と小型戦闘艦二隻に艦名をつけることにして、母船を〝さくら〟、小型戦闘艦一番艦を〝はるかぜ〟、二番艦を〝はるゆき〟とした。

小型戦闘艦二隻を母船さくらのドックに収納し、次の目標へと向かう。ディープドライブを発動させた母船さくらはその姿を消す。

タキノはピョンピョンと跳ねながら山を登っていた。ここは新たに拡張した空間に設けた山岳地帯。タキノは時折、眼下を見ながら呟く。

「これが船の中っていうんだからおもしれえ」

この山岳地帯の下には湖が広がっていて、そこにポツンと船が浮いている。

「ルカ達も楽しんでいるな」

山頂に着き、適当な岩場に座って休憩をとっていると、ふと今までの事が思い出される。コウに出会ってからは目まぐるしく物事が進み、今では宇宙を旅している。

「本当におもしれえ」

収納から水筒を取り出して冷たい水をゴクゴクと飲むと、濡《ぬ》れた口元を雑に拭う。これから何が起きるのか何を体験出来るのか、そう考えるとワクワクが止まらない。コウ達に出会えて良かった。つくづくそう思う。この出会いは人生の転機。そう言える。

自然と口角が上がる。楽しくてしょうがねえ！

第四章　惑星リース星域戦

「次元レーダーに反応あり」

「おいおい、その次元レーダーって試作品なんだろ、あてになるのか？」

「そんなの分からないよ。これは研究所から試してくれと強引に取り付けられた物だからな」

オペレーターの男は溜《た》め息《いき》をつく。

「さらに次元振動波が大きくなってきます。ディープスペースの崩壊を検知！　何かが現れます！」

「総員！　戦闘準備！」

艦長の言葉で艦内にサイレンが鳴る。

俺達が乗る母船さくらが次の目標星域に接近したため、ディープスペースから浮かび上がる。

《マスター、艦影を多数確認しました。その数二十です》

「シールド展開後、母船は停止して様子を見る。念のためにはるかぜとはるゆきも展開してくれ」

《はい、マスター。はるかぜとはるゆきを発進させ、母船の左右に展開します》

艦隊司令官である艦長は顎に手を当てて指示を出す。

「かなりの大型艦だな。どこの所属か分かるか？」

「いいえ、登録情報はありません」

「解析は出来たか？」

「何らかのシールドが展開されており、解析出来ません」

「未知の存在ということか」

「未知の艦艇から小型の船が出てきます。その数二！」

「おいおい、大きさが合わねえぞ。どうなっている」

「小型艦艇は大型艦の左右に展開しました」

「小型艦の解析は？」

「光学撮影による予測ですが戦闘艦で間違いありません。武装が確認出来ます」

「あの数では侵略ではあるまい。ヨシッ、あらゆる周波数帯であの船に通信を送れ。内容は『貴艦の目的を明確にされたし』だ」

《マスター、目の前の艦隊から通信です。『貴艦の目的を明確にされたし』という内容です》

「艦隊旗艦と思われる艦との通信を繋《つな》いでくれ」

《はい、マスター。相手の通信方法を解析……完了しました。旗艦と思われる艦に通信を繋ぎます。通信回線開きます》

目の前にスクリーンが展開して旗艦の司令官と思われる者が映し出される。

『返答感謝する。私はアルゾニア連邦共和国所属第八方面艦隊司令官のマックス・レノリアだ』

「こちらは特に所属はありませんが、私が代表者のコウです」

相手の司令官は俺の若さに驚いた表情を見せた。

『では改めて、貴艦の目的を聞きたい』

「私達の目的は古い船を回収する事です。ナブ、座標データを送ってくれ」

《はい、マスター》

『これは我々の主星リースだな。ここで間違いないのか？』

「ええ、間違いありません。ナブ、船の反応は？」

《はい、マスター。反応を確認しました》

「船の反応をその座標で確認しました」

『俄《にわか》には信じ難《がた》いがよかろう。我が艦隊が貴艦を案内する』

「了解しました。感謝します」
そこで通信が切れた。
「ナブ、このリースという星、ここも魔力を使わなくなったのか？」
《はい、データのアクセスに成功してデータを精査しましたが、やはり魔力枯渇現象によりエネルギーの転換が起きています》
「では魔法は？」
《既に廃れています》
「そうか、宇宙探索については？」
《ディープドライブの研究が進んでいて、もう一歩で試作が完成といったところです》
「近い将来には他の恒星系に進出出来ると」
《はいマスター》
「なら慎重にならないといけないな」
《はい、さらにデータを集めて解析します》
「任せた」
俺はコントロールルームを出ると食堂へと向かう。そこでは既にサイ、タキノ、ヘルミナが席に座り、ルカが食事の準備をしている。
「今日の夕飯は何でしょうか」
「おう！　コウ、牛丼だ！」
タキノが嬉《うれ》しそうに答えた。ルカと料理ポッドが全員の前に牛丼を配膳していく。この牛丼はナブが蓄積していた遺伝子データにより生み出された牛の肉が使われている。俺は紅しょうがをのせて卵を掛けて食べる。

「美味《うま》いですね」

「そうでしょそうでしょ」

ルカが微笑《ほほえ》む。その横でタキノがガツガツと牛丼を食べ、顔を上げた。

「うめえ！」

数日掛けて主星リースの周回軌道へと到達。母船さくらを囲むようにアルゾニア連邦共和国所属第八方面艦隊が展開する。

その知らせを聞いたアルゾニア連邦共和国は蜂の巣を突《つつ》いたかのような状態となる。

アルゾニア連邦共和国所属第一艦隊、旗艦モルゾフ艦橋。

「通信が入ります」

「映せ」

司令官であるモスログ将軍が指示を出すと、目の前のスクリーンに背広を着た男が映し出される。

「これはこれはジャクソン議員。何用かな」

モスログ将軍は面白くなさそうにスクリーンに映る男へ声を掛ける。

『モスログ将軍、分かっているだろう。件《くだん》の宇宙船の事だよ』

「既に議会で静観すると決まったのではないのかな」

『ハハハ、モスログ将軍。貴殿の艦隊は待機となっているはずだが？』

「それで何用だ？」

『モスログ将軍も件の宇宙船の鹵獲《ろかく》を狙っているのだろう？　我が方でも秘密裏に第三艦隊を向かわせている』

「ほほう。貴公らは議会の決定に逆らうと？」

『ハハハ、鹵獲してしまえば手柄になる。あの船はどうやらディープドライブが使えるようだからな。宝箱のような船だ、ディープドライブの他にも使えるものがあるだろう』

「それを手伝えと？」

『そういうことだ』


第八方面艦隊、艦橋。

「司令、第一艦隊と第三艦隊が近づいてきます」

「そんな事は聞いていないぞ。すぐに本部に連絡しろ」

オペレーターは慌てて本部に確認する。

「司令！　第一艦隊と第三艦隊は独断で動いているようです！　両艦隊から本部への通信が途絶し

ています」

「全艦隊戦闘準備！」

レノリアの言葉と共に艦内にサイレンが鳴り響く。

《マスター、艦隊の通信を傍受しました。こちらを狙う艦隊が接近しつつあります》

「了解だ、ナブ。第八方面艦隊との通信回線を開け」

《はい、マスター……開きました》

スクリーンに第八方面艦隊司令官の姿が映し出される。

「何やらこちらを狙う艦隊が近づいてくるようですが」

『そのようだ。こちらも応戦するが、迫る艦隊は二艦隊で六十隻の戦闘艦を擁する』

「了解しました。こちらも応戦します」

『健闘を祈る』

その言葉とともに通信が切れ、新たに現れた二つのスクリーンにサイとタキノが映し出される。

『コウ、こちらの準備は出来ている』

『俺も準備出来ているぞ』

「了解しました。ナブ、緊急発進させてくれ」

《はい、マスター。機体№００２、サイの搭乗が確認されました。射出ゲート一番に搬送します。

機体№００３、タキノの搭乗が確認されました。射出ゲート二番に搬送します……射出準備完了しました。同時に射出します。三、二、一、射出！》

二機のアーマーは新たに開発した魔力誘導装置により加速して射出される。いくつかの魔法陣を潜《くぐ》るとそのたびに機体は加速していく。機体は重力ドライブを全開にし、スラスターも最大に噴かして最大速度で飛翔《ひしょう》する。二機は二手に分かれ、サイの機体は第三艦隊へ、タキノは第一艦隊へと向かう。

サイの機体は背中にある副腕を展開して魔法触媒を展開。立体的に表示される目標の艦隊を魔法の射程に入れると光の矢を生成し、魔導ホーミング機能でその光の矢を撃ち出していく。艦隊に目掛けて光速で飛ぶ光の矢の軌跡がモニターに表示され、命中した艦船のマーカーが次々と消えていった。

サイの機体は新たに光の矢を撃ち出してさらに十隻を撃破すると、敵艦隊が回頭して逃げ出していった。それを確認したサイは機体を操作し、タキノが向かった空間へと機首を向ける。

タキノは鼻歌を歌いながら敵艦隊へと最大速度で近づいていく。敵艦隊は実弾で反撃するが、タキノは立体ホログラムに表示される砲弾の予測経路を見ながら、それらを容易に回避していく。

第一艦隊、旗艦艦橋。

「何をやっている！　たった一機の小型の機体に何を手こずっているのだ！」

「司令！　第三艦隊被害甚大！　撤退していきます！」

「何がどうなっている!?」

「第三艦隊を撃破したのは別の小型機一機です！　こちらに向かってきている機体が艦隊最前部の艦艇に取り付きます！」


タキノは機体を操作して敵艦に近づくと魔導ビームサーベルを抜いて一閃《いっせん》。あっさりとシールドを破壊して肉薄する。

敵艦も主砲を連続で撃つが、タキノは冷静に立体ホログラムに表示されるデータを見ながら上下左右にスラスターを噴かして回避し、敵艦に取り付くと魔導ビームサーベルを横《よこ》薙《な》ぎにして潰す。指令系統を破壊し砲塔の死角を抜けて後部のエンジン部分に魔導ビームサーベルを突き立て、出力を上げるとエンジン内で誘爆が起こる。

タキノは次の艦へと強襲をかけ、同じように艦を沈めていく。

『タキノ、応援は必要か？』

「ああ、少々めんどくせえから手伝ってくれ」

『了解した』

通信が切れるとサイの機体がタキノの機体を追い越していく。キラリとサイの機体が光ると光の矢が飛んでいき、敵艦が爆発する光が見える。

「もうひと働きするか」

　タキノはそう呟《つぶや》くと、機体を操作して敵艦を排除していく。


　第一艦隊、旗艦艦橋。

「第三艦隊と対峙《たいじ》していた敵小型機が現在交戦中の機体と合流しました」

「現在の艦隊の損失は十五隻です」

「こちらに向かってくる熱源多数！　回避間に合いません！」

　ドカンドカンと衝撃音が響いて艦内が揺れる。

「被害状況は？」

「エンジン損傷！　艦が停止します！　一、二、三番砲塔沈黙！　四番砲塔のみ使えます！」

「ぐっ！　これほどまでとは。総員退艦命令！　旗艦を放棄し撤退する！」


　第八方面艦隊、艦橋。

「司令、戦闘が終わりました」

「これほどの戦力差があるとはな」

レノリアは深く息を吐きながら力無くシートに腰を沈め、モニターを凝視する。

「司令、本部から入電です」

「とりあえず戦闘データを本部に送れ」


その後、連邦共和国政府から苦情があったが、ナブが傍受した通信データを送信したことにより、関わった議員が摘発されて事態は終息した。

数日が経《た》った頃に原初の船との通信を成功させ、原初の船と周回軌道上で合流。惑星リースを後にする。

「ナブ、あと幾つの原初の船があるんだ」

《はい、マスター。私が認知している数は百五十ですが、元々の計画データを見ると全体では六百隻それぞれに三千人が乗って分散し、新たな惑星を目指すという計画でした》

「そうか、まだまだだな」

原初の船のコントロールＡＩを母船さくらのメインＡＩへと統合。処理能力が上がった事により空間拡張機能を移設して当初の四倍の空間を得る事に成功する。

これにより乗員の希望どおり小さな領域だが海水エリアを設置する。このエリアは範囲は狭いが砂浜と岩場があり、釣りと海水浴を楽しめる。今後、増えるだろう空間拡張機能がさらに追加されれば港や島を設置する予定だ。

現在、タキノは麦わら帽子を被《かぶ》り、この海水エリアで釣りをしている。釣果も良いらしくホクホク顔のようだ。何気にタキノは船内のあらゆる場所を堪能していて誰よりも詳しい。

他の原初の船の部品は全て拡張したドックに保管している。

第五章　ジャンクでビッグなバーガーセット

ディープドライブで航行して七日。宇宙空間に浮かび上がると次の目標近くの星域に到着した。何の障害もなく次の目標である惑星の周回軌道へと到達する。

「ナブ、この惑星はどうだ？」

《はい、マスター。どうやら大陸部分のほとんどが海にのまれてしまったようです》

「原因は分かるか？」

《残った大陸と海に放射能反応が確認されます。人類による戦争が引き起こしたと推察します》

「生命反応は？」

《地下も含めて探査していますが、今のところ発見出来ません》

「そうか、原初の船は？」

《海の底に沈んではいますが、無事が確認出来ています》

「分かった。原初の船を回収後、すぐに次の目標へと移動しよう」

《はい、マスター》

ナブとの会話の後に俺はふと考えてしまった。故郷である地球は大丈夫だろうかと……。

そういえばと収納から魔法陣を書き込んだスライム板を取り出し、魔法陣の真ん中に金貨を置いて発動させると懐かしいジャンクフードの紙袋が現れて金貨が消えた。ホッとして紙袋の中を確認すると、懐かしいビッグなバーガーセットと見慣れない紙片を見つける。紙片を手に取って確認して思わずニヤリと笑ってしまった。

ハハハ、こんな事もあるのだな。

バーガーを齧《かじ》り味わうと付属の冷えたドリンクをストローで飲む。懐かしい。

そして美味《うま》い。


人類が戦争で絶滅したと思われるこの惑星から原初の船を回収し、次の目標へと向かう。

回収したコントロールＡＩは小型戦闘艦三番艦〝はるなみ〟と名付けられた船に移設され、空間拡張機能は主にドックの拡張に使用した事で四番艦まで格納可能となった。当初の空間よりも五倍の広さとなった。

空間拡張機能はドックの拡張だけではなく、一部コントロールルーム周辺の無重力訓練ルームと展望フロアの設置にも使用した。無重力訓練ルームはその名のとおり、無重力空間での行動を訓練するための部屋である。展望フロアは全面モニターとなっていて宇宙空間の景色を堪能出来る。寝転べる座席が用意されており、リアルタイムの宇宙空間によるプラネタリウムが楽しめる。

俺は自室のベッドに寝転んでジャンクなバーガーセットの袋に入っていた紙片を改めて眺めていた。

これはどれぐらいの確率だろう？

紙片に書いてあるのは「これを召喚した異世界人へ、お前は元地球人か？　地球から転移または転生したのか？　連絡を乞う」と書かれていて、最後に刑事の名前と電話番号が書いてある。

ここで悪戯《いたずら》心が芽生えてしまった俺はもう一度魔法陣を取り出し、真ん中に金貨と手紙を載せて発動すると、目の前にジャンクフードの袋が現れて金貨と手紙が消える。ジャンクフードの袋の中には新たな紙片は入っておらず、いつものジャンクなバーガーセットのみだった。

手紙は刑事に届くだろうか？　届いたら面白いな。

地球、日本、東京某所。

「毎日俺は何をしているのだろうな」

そう呟《つぶや》きながら俺はいつものルーティーンでジャンクフードのセットを頼み、受け取った袋の中に懐から紙片を入れる。ジャンクフードのセットが消えて代わりに金貨が残されるという現象が、特にここ東京で起きはじめてから毎日ジャンクなバーガーセットを買っている。若干飽きてきているため、今日も食べるのかと思うとゲンナリする。

すると持っていた紙袋が輝き出し、消えてなくなった。代わりに俺の掌《てのひら》に金貨が現れた。

「おお！　成功だ」

俺は配属されている警察署に急いで戻り、鑑識に金貨を渡して検査を依頼した。

刑事、逸見《いつみ》道成《みちなり》はその後、さらに驚くこととなる。その手元にコウの手紙が届いたのだ。

母船さくらはディープドライブで亜空間を抜けて宇宙空間に出ると、次の惑星がある星域に到着した。

惑星の周回軌道を回りながら探査を開始する。この惑星の大きさは地球の二倍ほどあるが、目立つような大陸は存在しておらず、島が数多く点在していて海洋国家が多いようだ。ナブの探査結果では魔法と造船技術が進んでいると分かり、原初の船があるという島の農村部へ降りることにした。

俺達は原初の船がある場所を目指して歩いていく。この辺には村がいくつか存在するようだが、どこにも寄るつもりはない。今回降りたのは気晴らしがメインだ。ルカを先頭に一列で森の中を進む。

もう少しで原初の船がある場所に着くというところでナブから連絡が入る。

《マスター、緊急事態です》

「何があった？」

《数百万の宇宙害獣がこの惑星に近づいています。すぐに原初の船に接触して撤収してください》

「分かった」

会話を聞いていた四人と一緒に原初の船がある場所へと急ぐ。

原初の船のマスター登録を済ますとすぐに船を発進させる。ナブから送られてくるデータを見ると、もうすぐ先頭の宇宙害獣が惑星へと辿《たど》り着《つ》くところだった。

ルカが何かに気付いたのか苦虫を噛《か》み潰したような顔をした。どうやら農村の子供達を見てしまったようだ。それを見た俺は決断する。出来る限りこの村人達を助けようと。

船を操作して近くの村に降りていくと、村人達は宇宙船を見て驚き跪《ひざまず》く。神様か何かと勘違いしているようだが、この際都合が良いので次々と村人達を船に乗せていく。村人達から話を聞いて他の村へと案内してもらい、五つの村で合計六百二十人もの村人を船に乗せることに成功するが、眼下では次々と地上部分に突っ込んで食い荒らしている宇宙害獣が見えた。所々で火の手が上がっているが、早く母船と合流しなければとてもではないが数百万の宇宙害獣を相手にする事は出来ない。

合流した二隻は魔導リンクを発動するとすぐにディープドライブにてその場を離れる。

とりあえず母船の中に村を作っていき、村人達を移住させる。村人達には元の村単位で畑や畜産といった作業をさせる。今回の原初の船も、母船内の空間拡張とメインＡＩへの吸収に活用し、母船内には新たに草原や第二の森も作られた。

五つの村が出来る頃には移住者も母船内に慣れてきていた。というか元の村での生活とほぼ変わりない環境が整っているお陰で抵抗感も少ない様子だった。

監視のために置いてきた探査ポッドから送られてくるデータを見ると、一ヶ月もしないうちに惑星は宇宙害獣によって崩壊した。虫食い状態となった惑星は分裂し、デブリとなった。

現状の戦力では一万程度なら対処出来るが、それ以上だと今回の数百万の害獣の場合のように対処する方法は無い。一応の解決策を練ってはいるが、それが実現出来るかは分からない。惑星一つを守る機能を追加するには母船の大規模工事や人々の協力が必要だ。とりあえずは戦力を増やしつつ対処していくしかない。

一緒に寮で暮らしていた子供達は、その寮エリアから一番近い村へと引っ越した。その村には子供も多いし遊び相手が増えたのは良いことだろう。今後は読み書きや簡単な算数も教えたい。あとは各村から戦い方を学びたいと志願してきた者達はサイとタキノに任せて訓練させることとなった。一応、ルカとヘルミナもサポートに入る。

それに伴い、訓練生は全員寮に住まわせて新たな訓練施設も急ピッチで建造されている。訓練は体力強化から始まり、魔法、アーマー操作と厳しく行われている。かなり厳しいトレーニングだが訓練生は目を輝かせて訓練している。魔法が使えるのが嬉《うれ》しいらしい。

一通りの訓練を終えた訓練生十三名は正式に部隊へ採用される事となった。そのうち三名はオペレーターの才能があると見込まれ、母船のコントロールルームでルカから指導を受けている。

残りの十名はそれぞれの素養に合わせて新たに作られたスタンダードアーマーを与えられ、宇宙での訓練に励む。そのうち五名は万能機に、残りの五名は魔法主体機に搭乗する。万能機部隊はタキノが訓練をし、魔法主体機部隊はサイが受け持つ。射撃が得意なヘルミナは万能機部隊の補佐をする。

シミュレーター訓練を終えたスタンダード万能機に乗る者達が次々と発艦していく。全ての機体が宇宙空間に出るとタキノとヘルミナが乗る機体が先導して訓練宙域へと到着し、ここからは二機一組となってタキノかヘルミナとの模擬戦を行う。

　タキノと対峙《たいじ》した二機は機体を操作して優位な位置取りをしようとするが、タキノが操縦する機体が素早く思うように位置取りが出来ない。いくつも開いたモニターからひっきりなしに警告音が鳴り、推奨行動のデータが次々と書き換わるため、操縦者はついていけない。元々、俺達五人から戦闘と操作に関するデータがフィードバックされて機体操作を補助しているが、最終的な行動を判断するのは操縦者だ。その操縦者の判断が遅れて後手後手に回り、気がつくとモニターには撃墜されたと表示される。

　何も出来ずに終わったことを悔やむ者達。直前に行った模擬戦を映像で振り返りながら、何が起きていたか客観的に指摘されて状況が鮮明になってくる。まずは自身と敵の行動把握。これが出来なければ対応は出来ない。立体ホログラムに表示されるデータを逐一確認する事が重要だと教え、二回目の模擬戦ではそれを活《い》かしてなんとか初めの模擬戦よりは撃墜されるまでの時間を延ばすことが出来た。ナブにより精査されて操縦者ごとに機体の補助システムが最適化されていく。

　サイの部隊でも同様に魔法使用時の最適化が行われ、徐々にだが威力と精度が上がっていく。母船に帰るとシミュレーターで自主練に励み、各自に与えられたタブレットにて戦闘記録を確認して修正点を洗い出していく。数ヶ月もすると彼らはかなりの能力を獲得する事に成功する。

　訓練を終えたタキノとアーマーパイロットの五名は食堂で冷たい飲み物を飲んで休憩しつつ会話を楽しんでいる。

「それでよう、あのチビがよう……」

　会話が盛り上がるなか次の話題をタキノが振ろうとした時、アーマーパイロット達の目が泳ぐ。

それに気付いたタキノは恐る恐る後ろを振り返ると、右手にフライパンを持ったルカが立っていた。メラメラと燃え上がる炎が見えたのは気のせいだろう。タキノはギギギと顔を元に戻すと立ち上がり、その場を離れようとするが襟首をルカに掴《つか》まれる。なんとか逃れようと足掻《あが》くがルカの手は解《ほど》けない。アーマーパイロット達もなんとか逃げようとするが、ルカの睨《にら》みで体の自由が利かない。

ルカはフライパンを振り上げるとタキノと五人の頭を打ち抜く。タキノは結界を展開して防ごうとするがルカの魔法で中和され、

ゴン！　ゴン！　ゴン！　ゴン！　ゴン！　ゴン！

と鳴り響き、タキノ達は頭を押さえて蹲《うずくま》る。まだルカの怒りは収まらない。ゴゴゴゴとルカの背後に炎が立ち上がり目からも業火が噴き出す。それを見たアーマーパイロット達は悲鳴をあげる。

「「「「「ヒイイイイ！」」」」」

尻餅をついて後退《あとずさ》り、背中が壁に当たって絶望に陥る。タキノはこの隙に逃げようとするもルカが瞬間移動の如くタキノの前に立ちはだかる。

「鈍い音が聞こえたのだけど、どうしたのかしら？」

食堂前を通りかかったヘルミナが声を掛けてきた。それを見たルカは幾分平静を取り戻す。

「こいつらがね」

とタキノ達を睨みつける。

「馬鹿を相手にすると馬鹿になるわよ」

ヘルミナはルカを宥《なだ》めなんとかその場を収めると、タキノ達は壁際に正座させられてルカとヘルミナから説教をされる。

一時間後、ルカは気が済んだのか、ヘルミナと共に厨房《ちゅうぼう》に入っていき、安堵《あんど》の溜《た》め息《いき》をついたタキノ達はそそくさと食堂を後にする。もうタキノの話は聞かないと心に誓うアーマーパイロットの五人であった。

船内の各村では初めて植えた作物の収穫時期となっていた。豊富な魔力を含んだ土は作物の成長を促進して、たわわに実った麦穂は頭《こうべ》を垂れる。

収穫が終わるとささやかなお祭で収穫を祝うことになり、ナブが手配した酒類が届けられた。いつも以上の収穫と変わらぬ生活に感謝して村人達は家へと帰っていく。次も良い収穫が出来ますようにと。

俺はナブと相談して寮エリアの近くに娯楽施設を建設した。これは日々訓練に励むパイロット達が楽しむ施設で酒場や補給所、ボウリングやビリヤードにダーツといった娯楽が楽しめるようにした。

補給所には贅沢品《ぜいたくひん》などはなく主に消耗品を置いていて、各自の判断で貰《もら》うことが出来る。酒場は立ち飲み形式で料理ポッドが簡単なツマミとお酒を出す。出される酒の量も上限が決まっているため、安全に飲むことが出来、泥酔するほどは飲めないが少しの気晴らし程度には酔える酒場となっている。

しばらくするとパイロット達の巡回と訓練のスケジュールが決まり、入れ替わりで定期的にこの施設が使われるようになった。厳しい訓練の後に風呂に入り、さっぱりした後に飲む冷えたビールは格別だ。

地球、日本、東京某所。

刑事、逸見の携帯が鳴る。知らない携帯番号だ。とりあえず出ると思いも寄らない内容だった。

買ったジャンクフードが消えて金貨と俺宛の手紙が現れた……と。

すぐに相手の場所を聞いて駆けつけると連絡をくれた相手に感謝して手紙を受け取る。差出人は……死んだはずの有元航平《ありもとこうへい》だった。こいつは死んだ後、異世界に転生したらしい。転生した時点で十二歳……これは転移ではないのか？

まぁ細かいことは良い。これで異世界の存在が証明された。でもこれは上へは上げられないな。信じまい。一応この手紙も鑑識に回すがそれまでだな。これ以上はどうしようもない。また連絡がくると良いのだが……。

数ヶ月が過ぎた。この間にも二つの原初の船と接触して合流している。どちらの惑星でも人類は争いごとにより滅亡していた。人類というのは、なんて愚かなのだろう。

原初の船から回収した一つ目のＡＩは小型戦闘艦四番艦〝はるさめ〟のコントロールＡＩに移設し、二つ目のＡＩはメインＡＩに統合された。

空間拡張機能も二隻分追加されて当初から六倍の広さとなっている。今回の空間拡張では海エリアを設置した時に計画していた海の拡張と島の造成が行われた。

そして、俺はナブと相談しながら自身のアーマーの強化を行っていた。補助ＡＩの拡張から始まり、空間把握脳波リンク機能の開発と装備、専用の遠距離操作兵装の開発・装備と一通りの装備が初期バージョンとして完成すると宇宙空間での試験を行うこととなった。

ナブの指示に従い射出された俺のアーマーは、スラスターの光跡を残しながら飛翔《ひしょう》する。

目標地点で停止すると背中の重力ドライブユニット上下に装備されている試作遠距離操作兵装をパージ。直径二十㎝、長さ七十㎝の円柱状の試作遠距離操作兵装は先端に魔法触媒が付けられており、後端には四枚のフィンが折り畳まれている。パージされた試作遠距離操作兵装は折り畳まれたフィンが起き上がって広がり、アーマーとのリンクを四枚のフィンを通じて確立する。それが合計八基内蔵されており、それぞれが魔導スラスターを噴かしてアーマーから離れ、飛翔したまま目標物を目指す。

この試作遠距離操作兵装の稼働時間は一時間。十五分ほど飛翔した試作遠距離操作兵装は目標であるデブリを見つける。

俺はコックピットで目を瞑《つぶ》り、母船から送られてくる探査ポッドからの情報と、試作遠距離操作兵装からの情報を脳内で処理する。

「やけに呼吸音が大きく聞こえてくるな」

自身の呼吸音がハアハアと大きく聞こえる。空間把握脳波リンク機能で拡張された感覚は、研ぎ澄まされて手に取るように兵装の動きを把握出来た。

配置についた。兵装に装備されている魔法触媒が煌《きら》めき、魔法陣が一瞬輝くと八基の兵装から光の線が目標のデブリへと伸びる。

全弾着弾！

脳裏にはバラバラになったデブリが思い浮かぶ。その脳波で兵装の帰還を指令すると、兵装はスラスターを煌めかせてアーマーを目指す。

とりあえず成功だ。思わず口角が上がってニヤリとしてしまう。もう少し詰める必要はあるが完成に近い性能を示したといえる。あとは習熟してアーマーを操作しながらでも兵装を使用出来るように訓練する必要がある。兵装を全て収納すると母船へと帰還した。

俺の機体は特化機体ではないが、簡略化されたものではなく、魔法兵装なども俺に合わせてチューニングされたものだ。射撃管制システムにしても通常システムを積んでいて、近接装備も魔導ビームサーベルを二本装備している。サイやルカ、ヘルミナ、スタンダート機には一本しか装備されていない事を考えれば、この機体は今回の遠距離操作兵装の装備も相まって機能モリモリのピーキーな機体となっている。もちろん、機動能力もタキノの機体と同等の能力を持っており、扱いづらいが死角のない機体といえる。

それぞれの機体色は俺は暗い赤、サイは黒、タキノは青、ルカはオレンジ、ヘルミナは緑、スタンダード機はグレーとなっている。俺は時折「三倍三倍」と言っているとかいないとか……。

機体を降りてナブと機体の調整や改修の方向性を確認し、食堂に向かう。食堂に近づくにつれ良い香りが漂い始める。

「ああ、今日はカレーの日か」

いつの間にか決まった間隔で夕食に出されるカレーの味を思い出して席に座ると、料理ポッドがコップに入れられた水と皿に盛り付けられたカレーを配膳していく。

わらわらと集まってくる者達を横目に、我慢し切れずにカレーを食べ始める。

「さすがルカですね。美味《おい》しいです」

すぐに平らげてしまい、お代わりした二杯目をゆっくりと食べる。

美味い美味い。

作るたびにルカの料理の腕が上がっているような気がする。感謝しかない。食べ終わったところで何やらいつもの言い争いが聞こえ、ゴン！　という音が食堂に響いた。無視して自室に入り、シャワーを浴びる。

倒れ込んだベッドで、仰向《あおむ》けのままゆっくりと目を開ける。何気なくモニターに目を向けると宇宙空間が映し出されている。ふと銀狼の三人が思い出される。リンドルンガか……遠いな。そういえば転移は使えるのだろうか？　グリフォンは「どんなに遠くからでも転移が出来るはず」と言っていたが、試すのもリスクがあるな。万が一転移先に届かず宇宙空間に放り出されてしまえば死んでしまう。雑念を払って目を瞑り、眠りの世界へと入っていく。


その頃の食堂では……。

「おい！　俺が何をしたっていうんだ！」

「ムカつくのよ」

タキノは頭を押さえながら抗議するが、ルカは受け付けない。パイロット達は被害が及ばないようにと、タキノとは違うテーブルへと避難した。

サイも食堂に入ってきたが、特にタキノとルカを気にすることもなくパイロット達のいるテーブルに座り、料理ポッドが配膳したカレーを食べ始める。

そこにヘルミナが入ってきてルカを宥《なだ》めると、事態は終息していつもの穏やかな時間が流れた。

「横暴だ」

とタキノは言うが、お前の普段の行いが悪いとサイとヘルミナに返されてしまう。

「チッ」

タキノは舌打ちをするとカレーをやけ食いし出し、四杯食べて満足したのか腹をさすりながら大浴場へと向かった。

第六章　宙族

《ディープスペースアウト、ディープスペースから浮上します。浮上後、周辺探査を実施します……完了しました。多数の宇宙艦を確認》
目の前の立体ホログラムに、百を超える宇宙艦が表示された。
《宙域に展開する艦艇が動き出しました。その艦艇より通信です》

「繋《つな》いでくれ」

《はい、マスター》

『ディープアウトした艦船に告ぐ。武装を放棄して投降せよ。我らは宙族〝暁の宇宙〟。繰り返す、武装を放棄して投降せよ』

「拒否する」

『こちらは百を超える艦艇を擁している。無駄な抵抗はよせ。投降せよ』

「いや、拒否する」

『強制拿捕《だほ》を行う。覚悟されたし』

「ナブ、小型戦闘艦、全艦発進し応戦せよ！　アーマー部隊、万能機部隊、全機出撃し敵を撃破せよ。魔法機部隊は母船周囲で警戒、迎撃にあたれ」

《はい、マスター》

　母船内に警報が鳴り響くと小型戦闘艦四艦が次々にドックから出ていき、母船の上下左右に展開する。スタンダードアーマー機も準備の出来た機体から次々に射出されていく。アーマー全機は二機一組となって敵艦艇へと向かっていく。

　敵小型艦艇からの実弾による砲撃が開始されるが、全て結界に弾《はじ》かれる。母船を守るように展開する小型戦闘艦四隻から魔導ビーム砲による射撃が開始され、次々に敵艦を撃破していく。魔導リンクで情報を共有しているアーマー各機は戦術ＡＩに誘導されながら敵艦に近づき、魔導ビームライフルにて攻撃を開始。数発の射撃で敵艦を破壊し、目標を変えながら敵艦の間をすり抜ける。

　ＡＩの誘導によりアーマー編隊四機二組が敵旗艦と思われる艦艇に肉薄して攻撃を仕掛ける。敵旗艦も激しい応戦をするが、アーマーの結界を破る事は出来ずに一方的な攻撃を受けて撃沈。敵艦隊は散り散りになりながら撤退し始めた。戦闘開始から十五分も経《た》たずに終結する。

アーマーを帰還させ、母船を守る小型戦闘艦四艦はそのまま周囲の監視に移る。

《敵艦隊、周辺にはいません》

「了解した」

今回初陣となったアーマー部隊の戦闘記録を確認し、食堂へと向かう。食堂ではサイ、タキノ、ルカ、ヘルミナがモニターを見ながらアーマー部隊の戦果を確認していた。

「まあまあだな」

「ああ、そうだなタキノ。魔法機の戦闘も見たかったが、次回か」

「そうね、敵の連携も酷《ひど》かったし粘りもなかったからね」

「もう少し敵も根性を見せてほしかったわ。敵は海でいうところの海賊なのかしら」

「統率も何もあったもんじゃねえ、荒くれ者の集まりだな」

タキノが吐き捨てるように言った。

「まあ、とりあえず被害ゼロで戦果も稼げたし、問題なしね」

とルカがまとめる。

次々と戦闘を終えたパイロット達がホッとしたような表情をしながら食堂に集まってくる。彼らを労《ねぎら》うように、料理ポッドが冷えたドリンクを配っていく。ゴクゴクと美味《おい》しそうにパイロット達は飲み干して安堵《あんど》の溜め息をつく。

「よう、みんな頑張ったな」

タキノがそう労いの言葉をかけ、次々と挨拶を交わしてテーブルに座り、やがて戦闘の話題になっていく。サイやルカ、ヘルミナも交えて意見を言い合い、改善点を見つけて訓練にフィードバックするようだ。その光景を見つめていた俺はホッと一息つき、食堂を後にする。

自室で敵通信回線やデータハッキングの成果をナブに聞き、敵の背景を探る。敵はコロニー国家と主惑星国家に分かれて戦争をし、主惑星国家側が勝利。敗れたコロニー国家側は宙族となり宙域を荒らしているのだという。背景は分かったが関わり合う気はないため、次の原初の船との合流を目指す。

通信から原初の船も合流を望んでいる事が分かり、主惑星へと向かう。着陸地点の周辺に敵影もなく、ある程度の安全も確認出来たため、小型戦闘艦四艦をドックに回収して母船はステルス機能を全開にして航行する。

そして、主惑星国家側には気付かれずに原初の船と合流する事に成功。

ナブが収集した惑星のデータを確認したが酷いものだった。海と大気は汚染され、貧富の差が激しく貧困層は奴隷のように扱われている。特に戦争に負けたコロニー国家側の民は食事も満足に与えられずに鉱山などで強制労働させられているようだ。俺達にはどうする事も出来ないので、この惑星を後にして原初の船を取り込む。コントロールＡＩはメインＡＩと統合し、空間拡張機能も移設して当初の空間の七倍となった。これにより森林エリアを拡張した。

艦内では子供達を集めた読み書きや算数の授業が始まり、大人達も時間がある時は一緒に習っているようだ。母船さくらは次の目標へと向かう。

俺が操るアーマーのすぐ横でビームの残滓《ざんし》であるプラズマがチリチリと光る。
先行しているルカの機体から送られてきたデータを基にナブが目標を定め、敵に接近していく。既に遠距離操作兵装は射出済みのため脳の半分はその操作に取られ、残りの半分で機体を操作していく。

二つの情景を確認しながら遠距離で捉えた敵艦に魔導ビームライフルを放ち、撃破する。目の前のモニターに映る敵艦から放たれるビームの嵐を避けながら、頭の中では他のモニターに映る敵情報を確認しつつ、遠距離操作兵装八基を二つに分けて操作。目の前に迫る敵艦に魔導ビームを打ち込んで撃破していく。立体ホログラムに映る味方の状況をチラリと確認するが、落とされた味方はいないようだ。すぐに次の目標へと機体を操作する。

同時に三つの状況に対応していると脳が焼き切れるような感覚に見舞われるが、堪《こら》える。遠距離操作兵装による攻撃を偏差射撃で放つ。

「大きな的だ。外すわけがない」

遠距離操作兵装から光のビームを放ち、敵艦を撃破していく。脳に負担をかけているせいか鼻の奥がツーンとして血がたらりと垂れる。ナブが監視しているバイタルデータの異常反応が警報を鳴らす。流石《さすが》にこのままでは危険と判断し、遠隔操作を止めて自動で遠距離操作兵装を呼び戻す。

機体は敵艦へと向かってビームの雨を掻《か》い潜《くぐ》り、魔導ビームライフルを連射して的確に敵艦を撃破する。

立体ホログラムにはサイとタキノの機体が編隊を組んで連続して敵艦を撃破していく状況が表示される。他の機体も無理をせずに敵を撃破しているようだ。ヘルミナはこちらの機体を遠距離から援護していてくれて、時折後方からレールガンの砲弾が機体を追い越していき、前方で華を咲かせる。

戻ってきた遠距離操作兵装を格納し、周囲のデータを確認する。あらかたの敵は排除した。スタンダードアーマー機部隊の受け持つ宙域に若干の敵艦が残ってはいるが、あの程度の戦力であれば大丈夫だろう。

ナブが最新のデータを送ってきた。確認すると敵はディープスペースへの干渉を行い、母船のディープスペースを崩壊してさくらを浮上させたとある。

ナブの敵艦へのハッキングデータから宙族は未知の敵だということが分かった。敵生命体は爬《は》虫類《ちゅうるい》のような生物が進化したもので、他の文明を乗っ取ることで進化をし続けて生き残ってきたらしい。宇宙へと出る能力が無かったこの爬虫類生命体は、未知のウィルスにより高度な生命体を全滅させてきた。このウィルスによって、高度な生命体が乗っていた船の補助ＡＩは爬虫類生命体を主だと認識してしまい、さらなる文明を取り込むように駆逐の手助けをし続けてしまって今に至ると……。

《マスター、多数のディープアウト反応を確認しました》

反応箇所が立体ホログラムに表示される。その数百。

俺はその場に停止して重力ドライブユニット上に収納されている副腕を展開し、その先端に装備されている魔法触媒を使って広域攻撃魔法の魔法陣を構築していく。魔法触媒により展開された魔法陣は四百。その一発は上級魔法の十倍の威力を有している。それを敵艦一隻につき四発展開する。

暴れる魔法陣を制御して次々と通常空間に浮上してくる敵艦を確認すると、魔法陣を解放する。一瞬魔法陣が光ると、音もなく高濃度の魔力を含んだ光の矢が放たれる。光の矢を操作している間は動けないため、ヘルミナが周囲を警戒してこの機体を守る。

俺は次々に消えていく敵マーカーを確認して安堵の息をつき、回線を開く。

「ヘルミナ、ありがとうございます」

『いえいえ、コウこそお疲れ様でした』

新たに敵が現れる様子はないが、警戒態勢を維持しながらアーマー各機は一度母船に戻って補給と休憩をとることにした。何かあればナブが教えてくれるだろう。

母船に戻り、アーマーから降りると反省点を考えながら通路を歩く。遠距離操作兵装は有用だが複数に分けて操作した時の負担が大きい。それがなんとかなればいいのだが。

食堂に着いて適当な席に座り、用意された冷たい水を飲む。落ち着いたところで顔を上げて周りを確認すると、他のパイロット達がガヤガヤと話し合っている。顔を上げた俺に気が付いたルカが話しかけてくる。

「どうしたの、コウ」

「う～ん、新たに追加した兵装はたしかに強力なんですが、扱いが難しくてですね」

「ああ、あの遠隔で操作するやつね」

「そうです。それをまとめてではなく複数に分けて使ってみたんですが、脳がパンクしそうになりました」

「ふふふ、コウでも難しいなら私達には無理ね。でも無理しちゃダメよ」

とルカは優しい声を掛ける。

「おい、ルカ。何お姉さんぶっているんだよ」

横からタキノが口を挟んできた。

「あら、また叩《たた》かれたいのかしら？」

ルカはいつの間にか右手にフライパンを握り、タキノを睨《にら》む。

「タキノは一言多いのよ」

「まさか惚《ほ》れたのか？」

ヘルミナとサイがそう呟《つぶや》いた。

「そんなことあるか！」

「そんなこととは何よ！」

フライパンが動き出した。

ゴン！

「痛《いて》え！」

《マスター、座標を表示します》
立体ホログラムに表示された座標は、次の目標座標のはるか手前を表示していた。
「まだかなり距離があるな」
《はい。この座標が今回襲ってきた宙族の主星の座標です。ハッキングデータから他にもこの種族

のデータをモニターに表示します》

「了解した」

俺は表示されたモニターをじっくりと確認していく、

「酷いな」

あまりにも酷い種族だった。非常に好戦的で出会った生物は全て殲滅《せんめつ》し、戦利品として食べたりもしていた。人種は頭から丸齧《まるかじ》りだ。データを見る限り、これを助長しているのは補助ＡＩのようだった。

《どうしますか、マスター》

データを読み終えると、いつもは深くまで介入してこないナブが聞いてくる。

「そうだな、このまま放っておくと問題になるかもしれないな。殲滅駆除するか」

《出来ればその方がよろしいかと》

「そうか。アレを使ってみるか？」

《ふふふ、ロマンの詰まったアレですね》

ナブにそう言われ、苦笑する。

「ああ、用意してほしい。作戦立案はルカと相談してくれ」

《はい、マスター》

二日後、準備が整い、ステルス機能を使って敵惑星へ慎重に接近していく。

三日で敵惑星付近に到達すると、ナブは予定どおり惑星を囲むように探査ポッドを配置する。配置が完了するとナブは敵システムにハッキンキングを仕掛け、システムをダウンさせる。
《敵システム、復旧まで十五分》
大型ハッチが開いて百mを超える大きな手足の無いアーマーが引き出される。左右に展開しているアーマーには大型の魔法触媒が二つずつ埋め込まれ、腹部には大型レールガンが装備されている。上下には二つずつの大型副腕と大型魔法触媒がある。重力ドライブも背部に左右二基搭載され、その機体内部には各ブロックごとに合計四基の核融合炉が配置されており、何かがあれば切り替えることで問題が生じたブロックはパージされる。
中央上部にある窪《くぼ》みに俺の乗るアーマーが吸い込まれると、アーマー周囲の装甲が動いて頭部ユニット以外を覆う。
《リンク完了しました。マスター行けます》
「了解した。起動する……起動確認。重力ドライブ始動……問題なし……出る」
スルスルと巨大な機体が動き出し、母船の前で止まる。
《各探査ポッドよりデータを確認。転送します。目標座標固定……完了。機体内搭載魔法陣を起動します。多重起動……開始しました。多重魔法陣の展開を確認……完了。マスターとの魔力充填《じゅうてん》回路確立……完了しました。準備完了です、どうぞマスター》
「了解した。魔力の充填を開始する。十%……二十%……三十%……六十%……八十%……百%」
《魔力臨界を確認……》
「まだだナブ……百二十%……百四十%……百七十%……」
魔法陣に魔力を注いでいくと、浮かんでいる数百もの多重魔法陣がその魔力により暴れ出す。

「くっ！　……百八十％……」

俺は必死に暴れる魔法陣を制御して押さえ込んでいく。

「…百九十％……二百％……いくぞ！」

一斉に魔法陣が輝き、敵の惑星の周囲を数百の巨大な魔法陣が囲む。その魔法陣の中心からぬるりと数キロに及ぶ大きさの赤く燃え爛《ただ》れた隕石《いんせき》が惑星に加速して降下していく。数百の隕石は途中で魔法陣の誘導を受けながら目標座標の上空で爆発。辺りに被害をばら撒《ま》くと隕石のコアが中から現れ、地表へ降下して激突する。その威力は直径数キロにも及び、巨大な雲が立ち上る。

これにより大陸の文明が消滅。

母船に戻った俺は、コントロールルームのモニターで黒く厚い雲に覆われ、時折赤黒く光る敵惑星を見る。

《マスター、敵のシステムは完全に破壊しました。宇宙艦が何隻か残っていますが、システムを新たに構築出来る能力はありません》

「了解だ、ナブ」

コントロールルームを後にして食堂に着くと、いつもどおりにルカとタキノが騒いでいる。

何かほっこりして自然と笑顔になる。

「あれで良かったんだな」

そう呟き、騒いでいる輪の中へと入っていく。

第七章　人工頭脳に魂は宿るのか

破壊した敵の惑星から離れ、当初の目的の惑星を目指し、ディープドライブで航行する。
目標の惑星の星域に到着すると重力ドライブに切り替えて航行し、そこから数日が経過して目標惑星の軌道上へと到達した。今は探査ポッドで惑星の詳細なデータを集めている。
《マスター、原初の船の反応が微弱です》
「どういうことだ？」
《分かりません。コンタクトをしていますが、反応が微弱で通信が出来ません》
「この惑星の文明度は？」
《マスターの星よりも低く、人種の数も多くはありません》
「戦争でもあったのか？」
《いえ、その形跡もありません》
「そうか、どちらにせよ原初の船とのコンタクトが先だな」
《はい、マスター》

それから数日かけて探査ポッドでの調査を進めると、原初の船の場所が判明した。船体はかなり損傷しているようだ。降下した母船に回収して調べると、原初の船はこの惑星に着いた時に隕石《いんせき》と激突してしまい船体を損傷。乗員の八割を失ったという。生存者達は原初の船のサポートを十分に受けられないままこの惑星で暮らすようになり、現在の文明水準に留《とど》まっていると考えられた。

　破損した部分を修理しつつ、コントロールＡＩをメインＡＩに統合し、空間拡張機能も母船に統合した。これで母船内の空間は当初より八倍となった。

　母船内で暮らしていた一部の村民が、この惑星で暮らしたいと希望してきた。俺はそれを了承し、その村人達と相談してある程度の大きさの無人島を選んだ。

　一ヶ月ほどをかけて各種ポッドがこの無人島に港や村をつくる。島の中心に小型の通信リンク端末を設置して、今後もこの島と惑星に来れるようにした。研究中の転移ゲートが完成すれば、この惑星の軌道上にゲートを設けて行き来するのも不可能ではない。現在の研究の進捗状況はごく小さな転移装置の実験に成功したという段階だ。この実験にはリンドルンガの星であの教会が使っていた転移の魔法陣を参考にしている。


　この惑星の港や村が完成してサポートのポッドも降ろされた。

　仲間達は島をのんびり観光している。サイは即席で作った海辺の東屋《あずまや》でのんびりと魔導書を読んでいる。タキノは海釣り、ルカとヘルミナは砂浜で日光浴をしている。他のパイロット達も私服に着替えて色々と楽しんでいるようだ。俺も久しぶりに収納から船を出して、近場をクルーズしながら楽しんでいる。

「久しぶりにのんびり出来るね」

　俺はデッキの日陰で寝転がりながら冷たい飲み物を飲む。頭上では風魔《ふうま》が気持ち良さそうに飛んでいる。

島には魔獣もいるがそれほど脅威ではなく、どちらかといえば食料となる魔獣が多い。島の森も食物が豊富で、急いで開墾した農地と併せれば食料に困ることはなさそうだ。島の中央には湖があり淡水魚も豊富。川も流れていて水に困ることもない。理想的な環境といえる。もう少し様子を見るため、数ヶ月ほどこの惑星に留まってゆっくりと過ごす事にした。

一ヶ月が経《た》つと、アーマーパイロット達は退屈しのぎに大気圏内での空戦訓練をし始めた。普段の宇宙空間とは違って空気抵抗で機動が制限されるため、それを克服するためだ。

頭上を通過するアーマーが急上昇をして雲を引く。そんな光景を見ながら、俺は地上にある端末を通してナブと試作兵器の話をする。

「ナブ、実験の方は進んでいるか？」

《はい、順調です》

「問題は？」

《可変機能の接合部分の脆弱性《ぜいじゃくせい》が問題となっています》

「魔力で解決出来ないか？」

《一時的には可能ですが、少しでも魔力の供給が止まると崩壊します》

「そうか」

俺は手を組みながら考える。実験中の試作兵器はロマン溢《あふ》れる変形機能付きのアーマーなのだ。これは人型形態と飛行形態への変形が可能なアーマーで、簡単に出来ると思っていたのだが上手《うま》くいっていない。地球で色々と見てきたアニメに登場する飛行形態と人型形態。中でもその中間形態を持つ機体をナブに説明したのだが、現在のところ完成には至っていない。とにかく、変形する以上は内部構造が少なく可動部分も細くなりがちで、求める強度を得ることが出来ない。

ふと俺はあるアイデアが浮かび、ナブに相談してみる。これなら何とかなるかもしれない。

《どうなるかは分かりませんが、初期設計を開始します》

「了解だナブ。頼んだ」

俺は目を輝かせる。


それから一ヶ月後。

港や村、道も整備されて、現在は島中央部にある湖を跨《また》ぐ橋を建設している。

パイロット達はサイとタキノが監修する森のサバイバル訓練を実施。数日かけてのサバイバル訓練はパイロット達に好評で、サイは魔法を、タキノは剣術を教えながら森の中を彷徨《さまよ》っている。

港と村がある場所と、湖を挟んだ反対側にはあまり高くはない手つかずの山があるが、今後の村の発展に役立つ資源を発掘出来るかもしれない。現在は船に余剰としてあったものを資源として利用している。特殊なものではなく、鉄、銅、鉛など一般的なものが多い。それらは村の地下の避難用シェルター横に作られた資材倉庫と、非常用食料倉庫の隣の資材倉庫に置かれている。

俺は今、母船内の機体・装備試作エリアに来ている。目の前にはナブと話し合って製作した試作ゼロ号があり、整備ポッドが群がって整備している。何やら奥の方で改修作業をしている大きな機体が見えたが、見なかったことにした。改修作業を指示した覚えはないのだが、少し前にナブから質問をされて答えた記憶はある……。邪念を振り払うかのように頭を振り、気持ちを切り替える。

「ナブ、試作機の進捗状況は？」
《ほぼ完成しています。あと少し整備すれば試験を行えます》
「そうか」
　整備している状況を眺める。しばらく経つと……。
《整備が終わりました。これより無人操作による変形機能の確認を行います》
　ナブがそう告げると、試作機からブーンという音が聞こえてくる。試作機が搭載している重力ドライブが始動し、ナブが操作する機体が浮く。変形テストに必要な高さで静止すると、機体が変形を始めた。
《変形完了。マスターどうでしょうか？》
「たしかに変形はしたが、違和感がありまくりだな」
　俺は難しい顔をしながらそう答える。変形した部分が消え、まったく別の機体が現れたように見えた。
《そうですか……そうですね。やはり空間拡張機能を使って無理やり変形パーツを収納すると違和感がありますね……》
「そ、そうだな。ナブは悪くない。俺のアイデアだからな。もう少し考えようか。何か他のアイデアが浮かぶかもしれないからな」
《はい、マスター》
「一応触れておきたいことがある。奥に見えるあの大きな機体に手を加えているようだが……」
《はい、一度使用して問題点を洗い出し、ついでにマスターのご希望の機能を盛り込みました》

とナブは嬉《うれ》しそうに報告する。

「あ、ああそうか。内容は？」

《前回の仕様はそのままで、新たに加えた機能は左右側面に大型副腕を一基ずつ追加。それぞれに大型大出力魔導ビームサーベルを装備。これは出力を変えることによりビーム砲のように伸びます。上部には十基、下部にも八基の合計十八基の遠距離操作兵装を装備しています》

「まぁ、大型ビームサーベルは良いが、遠距離操作兵装全ては扱えないぞ」

《はい、その辺も考慮しています。機体の大きさから内部に余裕があり、そこに大型補助ＡＩシステムを組み込んでいます。これにより脳波リンク操作の負担を減らしましたので理論上はあと六基を追加出来ます》

「そ、そうなんだ」

俺は遠い目をして大きな機体を見つめる。

《一応、仮ですがアーマードアーマーと称しています》

とナブは楽しそうに語りながら付け加える。

「ああ、わかった」

試作エリアを出て食堂に行くと、ヘルミナが何かの資料を読んでいた。そのテーブルへと座り、料理ポッドにハーブティーの注文をする。

「あら、コウ。試作の方はもういいのかしら？」

「まあ、可もなく不可もなくといったところです」

配膳されたハーブティーを一口飲む。

「ふふふ、あまり結果は良くなかったようね」

「なんだかナブが暴走気味でして」

「ふふふ、それはしょうがないわよ。ナブはコウの影響を一番受けているんだから」

ヘルミナが微笑《ほほえ》ましそうに話す。

「常識の中に収まれば良いのですが……最近、私が話した物語に出てくる架空のものに興味を示しているようでして」

「楽しそうね」

「ええ、ナブが楽しんでいるのならいいんですが」

「まあ、しょうがないわよ。なんて言ってもコウの配下のメインＡＩだからね」

ヘルミナは楽しそうに笑った。

俺は溜《た》め息《いき》をつき、ハーブティーを飲んで気持ちを落ち着かせる。ふと食堂にある大型モニターを見ると、村人達が畑仕事をしている姿が見える。まあ、これはこれで良いのかと強引に気持ちを整理して、村人達が楽しそうに作業する姿を眺めた。


早朝、俺はこの惑星の白浜を歩く。静かに打ち寄せる波を避けながら沖に目を移すと海面が朝日を反射してキラキラと光る。空を見上げて雲がない事を確認すると、「今日も良い天気だ」とご機嫌に呟《つぶや》いて散歩を再開する。

しばらく歩いているとガサガサと茂みが揺れ、普通の猫からすれば二回りは大きい猫がひょっこりと顔を出す。警戒しているようで、全身は出さずに顔だけ出してこちらを見ている。昨日釣り上げた魚を収納から出して猫の前に投げると、恐る恐る魚に近づいて匂いを確認し、ムシャムシャと食べる。魚を食べ終わった猫は物足りない顔をしてこちらを見てくるので、もう一尾魚を出して目の前に置く。すると警戒心が薄れたのか猫は寄ってきて魚を食べ始めた。魚を食べ終わった猫は満足したのか、その場で毛繕いを始めた。思わず笑顔になりながらその場を後にする。

しばらく歩いていると脚に柔らかい感触がある。下を見るとその猫と目が合った。

「なぁ～」

猫が鳴いて俺の脚に身体《からだ》を擦《こす》り付けて甘えてくる。そのまま歩き出すと、その後を猫が追いかけてくる。

ふむ。

猫を抱き上げて母船に入っていく。寮エリアの近くで地面に下ろすと、興味津々で周りを見ながらついてくる。寮の入り口でばったりヘルミナに出会った。猫を見つけたヘルミナは猫を撫《な》で回《まわ》す。猫もまんざらではないようで喉をゴロゴロと鳴らした。

あとは彼女に任せようと思い寮エリアの食堂に入ると、何やら人だかりが出来ている。近づくとどうやらルカが何かやっているようだ。テーブルの上には何やら見た事があるようなないような物が複数置いてある。ああ、あれだ。いつだかナブに話をしたカップ麺《めん》だ。どうやらルカの監修で開発したカップ麺を皆で試食をしているようだ。パイロット達は魔法でお湯を作りカップに注いでいく。収納から箸を取り出して器用に麺を啜《すす》る。

ほほう、訓練のお陰だろう。複合魔法でお湯も出せるし収納も使えるようになったのか。使っているカトラリー類は、俺が使っているものを参考にしてナブが配布したものだな。

俺もいくつかのカップ麺を試しに食べてみることにする。テーブルの上にあるカップ麺は緑の蕎麦《そば》と赤いうどん。それと醤油《しょうゆ》味、シーフード味、カレー味のヌードル各種だ。ラインナップを見ると話したままのものをナブが再現したようだ。まずは赤いうどんを食べる。うんなかなかだ。お揚げも美味《おい》しい。次は緑の蕎麦。これも美味しいね。うんうん。お腹《なか》は一杯だが醤油味のヌードルも食べてみる……美味しい。かなりの再現度だ。俺の感想からよくもまあここまで再現したものだ。

ルカを見るとドヤ顔をしている。まあ美味しいから許すよ。

いくつか貰《もら》って自室に行き、シャワーを浴びる。さっぱりしたら冷たいスポーツドリンクを飲んで落ち着く。

ナブと会話をすると、今は高カロリーな非常食バーをルカと試作しているのだとか……。頑張って。

ふと思い立って新設された補給所に来てみると色々と追加されていた。お菓子類が多い。ついつい覗《のぞ》いてしまう。結局、袋詰めされたポテトチップスのコンソメ味、海苔《のり》塩味などを貰い、謎素材の透明な容器に入ったジンジャーエールを二本貰って自室に戻る。まずはコンソメ味のポテトチップスを開けて食べる。普通に美味《うま》い。

良いね。

最近は謎に充実してきているね。誰のせいだろうか？　いや、ナブか……ということは俺の影響？これ以上は考えないことにしよう……。

ふとモニターを見ると港が映し出されている。何やら人が集まっているようだ。興味が湧いたので港に行ってみる。

港に着くと、どうやら造船所で新しく出来た中型の魔導漁船で漁に出ていたらしい。それが帰ってきたようだ。人だかりの中心にはタキノがいた。どうやら漁に同行したようだ。タキノの横には吊《つ》り下《さ》げられた四mを超えるカジキマグロのような大きな魚が見える。話を聞くとタキノが死闘の末に釣り上げたのだとか……。何だか今日は情報量が多い……。そこにルカが現れ、お昼のメニューでカジキマグロもどきを振る舞うと言うと歓声が上がる。タキノも嬉しそうだ。なんだかんだ言ってルカとタキノは仲が良い。

自室に戻ってナブから報告を聞く。もう既に計画していた事項は全て消化しており、この惑星を旅立てるという報告を受けた。少し寂しい気もするが予定がある。旅立たなければならない。

統合されたメインＡＩは各コントロールＡＩの情報の差異を精査。その地域の差からナブが知らない原初の船の位置を数少ないながら探り当てた。その船の数は多い。まだ増える可能性がある。全ての船を回収出来るか分からないが、まだ母船を拡大したいため出来るだけ回収したい。明日には皆に伝えて旅立つ準備を始める。

さて昼時だ。カジキマグロもどきは美味しいのだろうか？　ルカのことだ。上手く料理しているのだろう。楽しみだ。

島に残る村人達に見送られながら母船は飛び立つ。あまり日を置かずにまた来る予定だが何だか寂しい。ディープスペースに入ると、ルカに食堂に来てほしいと言われた。

ルカがニヤニヤしながら待ち構えている。手渡された物は缶詰。カジキマグロもどきのツナ缶と味付けされたフレークだった。いつの間にか船内に缶詰を作る設備が出来たようだ。ルカの監修のもと、各種味付きの魚の缶詰が船内の村にも配られて、特に奥様方には好評なのだとか。いつの間に……。

缶詰を収納にしまうと手招きをされ、座ってと言われる。

少し待っていると目の前には大きめのチーズバーガーと一緒の皿に盛られた細めのフライドポテトが置かれた。まずは大きめのチーズバーガーを食べる。美味しい。なんというかキングでグリルなチーズバーガーだ。美味い。ポテトも食べるとあのピエロの定番ポテトだった。美味しいよ。好みだ。熱々だしね。喉が渇いたと思っていたら次は謎の透明なペットボトルもどきに入った黒いドリンクを渡される。よく冷えているようだ。赤いスクリューキャップを開けるとシュワッと炭酸が弾《はじ》ける音がする。一口飲む。ああ、あれだ。コーラだ。Ｃというよりは Ｐに近い味のコーラだ。好みはＣだがこれも悪くない。ゴクゴク飲む。

「プハァー」

息を吐くと、目の前にはサムズアップしてドヤ顔のルカがいた。右手の親指を立て返そうと思ったが、最近料理ポジションを取られてきているような気がして、何食わぬ顔をしてしまった。謎に張り合ってみせる。

しかし、相変わらずの再現度だ。ナブが絡んでいるのは間違いない。

第八章　宇宙害獣殲滅戦

数日が経《た》った頃には目的である次の惑星の軌道上へと到着。問題なく原初の船を回収すると、そのコントロールＡＩはメインＡＩと統合され、空間拡張機能を移設されて船内空間は当初の九倍となった。

ふとナブにこの惑星の文明について質問すると、どうやら原初の船でこの惑星へと到着する前から船内で争い事が起きたため、小さなグループに分裂。地表に降りた後も協力することなく各地に分散。それぞれで文明を築くも事あるごとに争い、文明が発展しなかったそうだ。

そんな話を聞いていると緊急報告が入ってきた。

《マスター、すぐ真下の大陸で魔獣のスタンピードが発生しました》

すぐにモニターに表示され、魔力の濃い森から千以上もの魔獣が溢《あふ》れる光景が映し出される。

「原因はあるのか」

《これが原因だと思われます》

溢れる魔獣の後方に、体長百ｍを超える魔獣が追い立てるように歩いている姿が映し出される。

「これは何だ？」

《ベヒモスの変異体だと思われます。対応しますか？》

魔獣達が進んでいく先に大きな壁で囲まれている街が確認出来る。

「そうだな、対応しよう」

そう答えると緊急警報が船内に鳴り響き、ナブは各所と連絡を取りながら準備を始める。

ナブから説明を聞いたルカはパイロット達に説明を始める。今回の作戦では、ルカとナブは共にコントロールルームで監視と補助作業を行う。俺、サイ、タキノ、ヘルミナと全パイロット達は出撃となる。説明を聞いた各パイロット達は格納庫へと駆け込んで自機へと乗り込んでいった。

準備が出来た機体から次々と射出されて発進していく。

各パイロットが作戦どおりに配置につくと、アーマー魔法機部隊が街の壁の前に着陸し、結界を発動して防御を固める。他のスタンダード機はその前で迎撃に当たる。ヘルミナの機体もその壁前で迎撃に当たる予定だ。

出撃した俺、サイ、タキノの機体は溢れかえる魔獣の上を飛んでいく。

「サイ、タキノ。巨獣の足止めをお願いします。私は一度戻って兵装を交換してきます」

「おう！　了解だ。巨獣は倒しちまっても良いんだろう？　サイ、とっとと片付けちまおうぜ」

タキノはニヤリと笑い、サイと共に巨獣へと飛翔《ひしょう》する。

ヘルミナの機体は街の外壁前に到着すると迎撃を開始する。魔導ビームライフルから光線が伸びて魔獣を倒していく。大気の干渉を受けたビームの軌道には多少ズレが生じるが、ヘルミナは即座に修正して射撃を続ける。

結界を張る魔法機の前に陣取るアーマー達は片膝をついた姿勢で魔導ライフルを連射。湿度の高い大気に触れて発生したプラズマが飛び散る。装甲を焦がしながらライフルを撃ち続けて魔獣を狩っていく。

一度母船に戻った俺は、機体の副腕に取り付けている魔法触媒を大きなルビーのものへ交換する。

交換が終わるとすぐに飛び出し、魔獣が溢れる現場へと急ぐ。外壁の上に陣取る騎士、兵士、冒険者達は現状に理解が追いつかないようだ。魔獣のスタンピードが起きたと緊急の鐘が鳴らされて集まってみれば、外壁の外では見たこともない金属の巨人が魔獣を食い止めていて、状況だけが変移していく。

　俺の機体はヘルミナの横に静止すると副腕を展開させる。赤く光るルビーの魔法触媒は俺の魔法行使に反応して魔法陣を生成させる。一瞬光ると大きな火の玉が飛んでいき、途中で数百の小型の火の玉に分裂して地表に着弾。その高熱で地表を溶解して魔獣を飲み込んでいく。それを左右に四発撃つと、あらかたの魔獣は飲み込まれていった。残りの魔獣はスタンダード機部隊が殲滅《せんめつ》していく。次はサイとタキノが足止めをしている巨獣のもとへと飛翔する。

　ヘルミナはルカと通信して自機の装備変更を申請、受理される。ルカはヘルミナの要望によりコンテナを投下。無事コンテナはスラスターを噴射してヘルミナの近くに着陸すると、同時にコンテナを展開する。ヘルミナは自機のライフルをコンテナに収納すると、中から大きなレールガンを取り出し、レールガンから伸びるエネルギー供給ケーブルを自機に繋《つな》げる。

『ヘルミナ、データは送ったわ』

「ありがとう、ルカ」

　ヘルミナはレールガンを構え、ルカから送られてきたデータを入力していき、ふぅ〜と一息つく。

「行くわよ」

　照準の先は巨獣。

　一方、サイとタキノの機体は巨獣に攻撃を仕掛けていた。

『サイ！　攻撃が効かねえ！』

『ああ、こちらの攻撃も効いている様子がない。何らかの防御魔法が働いているのだろう』

『つたく、どうすっか』

そんなサイとタキノの通信を聞きながら、俺は巨獣の上空を旋回して打開策を模索していた。

ズン！

鈍い音とともにヘルミナの機体が撃ったレールガンの砲弾が巨獣に着弾した。硬い防御力を誇っていた身体《からだ》に穴を穿《うが》つ。

巨獣は痛みに抗《あらが》えず、咆哮《ほうこう》を上げる。

「ギュアアアアアア！」

巨獣が動きを止めた瞬間を好機と見たサイとタキノの機体が、すかさず畳み掛ける。サイの機体が魔法攻撃を連射して巨獣の傷口を広げ、タキノの機体が巨獣の傷口にビームサーベルを深々と刺し込む。

ヘルミナの機体は第一射目のレールガンを撃ち終えると、砲身が回転して新たな砲身へと切り替わる。自動で次弾を装填《そうてん》してエネルギーを充填していき、充填率が上がるにつれてブーンといった音が大きくなる。充填が完了するとヘルミナは躊躇《ちゅうちょ》する事なくレールガンの引き金を引く。

ズドン！

重い音と共に発射された砲弾は魔法で加工されており、大気摩擦にも溶解せずに巨獣へと着弾する。その着弾した傷口をさらにサイとタキノが攻撃をする。

巨獣は後ろ足だけで立ち、前足で鬱陶しそうにサイとタキノの機体を払う。しかし、ヘルミナの攻撃の三射目が着弾すると巨獣は硬直した。それを見た俺は魔法の準備をしつつ巨獣へ肉薄。準備が完了した火魔法を至近距離から傷口に放って傷を抉《えぐ》る。傷の中で火の玉は分裂し、高温になって巨獣の体内を焦がす。巨獣は苦しみもがきながら口を空に向けるとブレスを吐く。そのブレスが徐々に収まると巨獣の目は光を失い身体のバランスを崩して倒れる。

ズズン！

巨獣が倒れる音が鳴り響き、巨獣の討伐が確認されると街の外壁上にいる騎士や兵士、冒険者達が歓声を上げた。

俺達の機体は母船に帰還し、他のアーマーはナブの希望に従って巨獣の死骸を回収する。機体を降りたサイとタキノは不完全燃焼というような顔をして食堂に入ってくると、冷たい水をゴクゴクと飲む。

「ああ、完敗だった」

「そうだな、歯が立たなかったな」

二人は席に座る。そこに俺とヘルミナが食堂に入ってきた。

「お疲れ様でした」

「お疲れ様～」

とサイとタキノに声を掛ける。

「コウ！　俺の機体も何かドカンといける装備が欲しい」

「そうだな、俺の機体も何か欲しい」

憮然《ぶぜん》とした表情のタキノがそう言うと、サイも同じようにリクエストをする。

「う〜ん、分かりました。ナブと相談して何か用意します。完成したら試験は頼みますよ」
「それぐらいは任せろ」
とタキノは胸を叩《たた》く。

惑星の周回軌道で旅の準備をして次の目標へと旅立つ。

ディープスペースに入ると、ナブと巨獣の死骸を解剖する。取り出した魔石は大きく、直径が三mにもなるものだった。体内に関しては特筆するところもなく、この魔石による身体強化が問題だったと推察するに至った。試しに俺のアーマードアーマー内部にこの巨獣の魔石を取り付けて魔力を流してみると機体構造が強化され、機体表面に魔法攻撃耐性膜が展開された。次のディープアウト時にはどの程度の魔法に耐えられるかテストをする予定だ。

航行は順調に進み、数日で次の目標である惑星近くの宙域へと到着する。

他の宇宙船の気配もないため、この宙域で試作の兵装や例の対魔法性能のテストをすることにした。

まずは無線誘導でアーマードアーマーを宇宙に浮かべ、母船から魔法攻撃を当ててみる。徐々に威力を上げ、アーマードアーマーにダメージが入ったところで実験を止める。かなりの威力の魔法攻撃に耐えられる事が分かり、アーマードアーマーを格納庫に戻す。巨獣の魔石は特に他で使う予定がないため、そのままアーマードアーマーへと搭載されることになった。

次の試験はタキノ専用の兵装試験だ。タキノの機体の左腕に取り付けられたのは魔導パイルバンカー。機体の全長と同じ大きさの兵装だ。魔法耐性の高い敵を想定した超近接装備である。タキノは機体を操作して目標のデブリへとパイルバンカーを叩きつけると、杭《くい》の先がデブリに食い込む。そして魔法によりもの凄《すご》い勢いで杭が打ち込まれ、パイルバンカーの後部からは反動を抑えるためにスラスターが大きく噴き上がる。杭はデブリの奥深くまで食い込み、内部で爆発を起こして爆散する。爆発を感知したパイルバンカーの先端部分からは物理防御結界が展開され、機体を守る。

成功だ。

タキノは満足して機体を帰還させる。

兵装試験は最終段階へと移る。

サイはアーマーの中で準備が進む状況をモニタリングしていた。母船からサイの機体の専用兵装が射出されると、サイは機体を操作して五ｍもの兵装から伸びるアタッチメントを機体の両脇に固定する。固定が完了すると機体の両手で兵装のハンドルを握り、自動で機体と兵装がリンクされる。サイは兵装内の初弾を装填すると、砲弾カートリッジ内と機体からエネルギーが充填されていく。エネルギー充填が臨界に達すると、母船から送られてきた目標に座標を固定。兵装の引き金を引くと、コの字型の砲身内部に刻まれた複数の魔法陣が発動する。

魔法で加工された砲弾が撃ち出されると砲身の中を砲弾が進む。一つ目、二つ目の魔法陣を抜けてその力により砲弾は加速。使われた魔法陣は魔力の残滓《ざんし》を残して飛び散る。二つ目の魔法陣を砲弾が抜けたところで、サイが用意した爆裂衝撃魔法の魔法陣が発動し、砲弾が強化されていく。衝撃を吸収させるために砲身内に結界が展開され、衝撃による砲身の膨張を防ぐ。さらに三つ目、四つ目と魔法陣を抜けて砲弾の速度はさらに増していく。四つ目の魔法陣を抜けた瞬間にサイの別の魔法陣が発動して暴力的なまでに砲弾を回転させ、最後の五つ目の魔法陣を抜けるとさらに加速して砲弾が砲身を抜ける。砲弾は回転しながらジャイロ効果により正確に直進する。さらに砲身の先から二十m先にサイの最後の魔法陣を展開。その魔法陣を砲弾が抜けると、魔法陣は砲弾に吸収されるように溶け込んでいき、キラキラと魔力の痕が砲弾の後に続いて伸びていく。砲弾は用意された巨大なデブリに命中すると中心部に達する。そこで砲弾を包んでいた結界が解けると内部に圧縮されたエネルギーとサイが最後に用意した魔法陣の効果により砲弾が爆発する。

その威力は巨大なデブリを粉々にした。

サイは着弾と同時に機体全体を結界で覆うと、バラバラとデブリのカケラが結界に当たって砕ける。砲弾を吐き出した兵装の砲身各部が開いて冷却モードへと移行した。この兵装の弱点は射撃後の冷却時間が長い事である。現時点では最低でも次弾発射までに三分はかかる。それでもサイはその威力に魅了された。自身の魔法が加わることでさらに威力を上げる事が出来たのだ。サイはコックピット内で口角を上げて喜ぶ。

各種の点検が済むと兵装は回収され、サイも母船へと帰還する。

俺は試験結果を確認すると安堵《あんど》した。

「ナブ、これで目処《めど》がついたな」

《はい、最低限の調整が完了次第、実戦でも使用可能となります》

「ああ、了解した。サイとタキノに聞き取りをして要望があれば聞いておいてくれ」

《はい、マスター》

コントロールルームを出て自室に入る。ふうっと息を吐いてベッドに飛び込むと目を瞑《つぶ》る。

静寂の時間をいくらか堪能すると身体を起こし、船内で製造されたスポーツドリンクのスクリューキャップを開けて、ゴクゴクと喉を鳴らして飲む。落ち着くと何やら部屋の外に気配を感じる。探知魔法で確認すると猫だった。少し大きくなった気がするけど、あの時の猫だろう。扉を開けると猫はスルリと入ってきて俺の足に絡みついてきた。

頭を撫《な》でると猫は喉をゴロゴロと鳴らす。ベッドに倒れ込むと猫は軽くジャンプして俺の横で丸くなる。猫を撫でていると次第に瞼《まぶた》が重くなり、眠りに落ちていく。

どれくらい寝たのだろうか。ガシガシと頭を乱暴に撫でられて目を開ける。そこには顔を覗《のぞ》き込んでいる猫がいた。時計を確認すると一時間は寝ていたようだ。身支度をすると猫を連れて食堂へと向かう。

食堂には仲間達が揃《そろ》っていて猫はヘルミナの方へと走っていく。ヘルミナも猫に気がつき、抱き上げると頭を撫でた。ルカとタキノがまた言い争っているが、無視してサイが座るテーブルへと向かい、隣の席に座る。

「新しい兵装はどうでした？」

「たしかに冷却時間は長いが、あの威力は魅力的だし研究を重ねれば俺の魔法力で威力も上げられる余地がある。問題ないな」

「タキノは何か言っていましたか？」

「ああ、あいつも新しい兵装の威力に感心して気に入ったみたいだ」

サイはルカと言い争いを続けるタキノを見る。

「そうですか。安心しました」

俺がホッとした顔をすると、サイは笑った。

「まぁ、試作が失敗したとしても、俺達は文句は言わないぞ。改善していくのも楽しいからな」

と言い足す。そのサイの屈託のない笑顔に、俺は眩《まぶ》しいものでも見るかのように目を細めた。


試作兵装の試験も終わり、数日で目標の惑星に着いて探査を開始する。

すぐに原初の船とコンタクトを取って回収すると、惑星の探査と並行してコントロールＡＩのメインＡＩへの統合や空間拡張機能の取り込みなどを行って、拡張した空間は当初の十倍になり、ＡＩが統合された事により新たなデータの入手に成功した。

まずはこの惑星の状況だ。前の惑星同様にこちらでも原初の船に乗った時点から内部で争いが発生して幾つものグループに分裂した。その影響で惑星に降り立った後も争いが絶えず、惑星各地に分散。いくつものグループが全滅して比較的大きなグループが生き残ったものの、文明が発達するごとに争い、人口は減少している。

統合したＡＩによって得られたデータによると、どうやらこの原初の船による移住計画は、超古代文明の中ではメインの計画から漏れた者達の中でも比較的まともな部類の者達への救済措置だったと思われる。もちろん、メインの計画のデータは残っていないが、こうなる事を見越した計画だった事が窺《うかが》える。隠されたデータにはメインの計画で全人口の六十％を救助し、超古代文明が用意した場所に移住させて、他の者達は残されたと思われる。この原初の船で移住出来たと思われる予測人数は最大で二百万～五百万人に過ぎない事を考えれば、この計画は予《あらかじ》め移住者を選定する側面も含まれていた事が分かる。

それに、あるデータではとんでもない予測がなされていた。それは宇宙害獣が急激に増えて人種を滅ぼす存在となるというものであった。

では超古代文明の人々はどこに移住したのだろうか？　分からない。

この予測を踏まえ、俺はナブと相談していた計画を進めることにした。それは島に村人達を降ろした惑星を強力な結界で覆ってしまうというものだ。あの惑星の魔力量であれば各地に塔を作って、そこを起点に結界を繋げて覆う事が可能なはずだ。

現状の探索を一時中断してでも、優先して実行に移す事に決めた。もちろん、皆にも相談した上でだ。可能であればリンドルンガのある惑星も結界で覆いたい。それにはまずこの計画を成功させる事が肝要だ。まだ時間の猶予は残されているが、気が焦る。並行してゲートの開発も急ピッチで行う。三日後には島のある惑星へと戻ることとなった。


数日かけて到着すると島に降りる。村人達は早かったなと笑顔で出迎えてくれた。

事情を説明して島の中央にある湖近くに最初の塔を建て、結界機能を取り付けると結界を発動させる。この結界で覆えるのは周囲半径五千㎞である。ナブの計算によると、結界が連結されれば地上から千㎞の高さにまで広げる事が可能なのだそうだ。

惑星のマップを見ながらナブと塔を建てる場所を決定していく。かなりの数の塔の建設が必要だが、重機ポッドを増産する事により同時に複数箇所の建設を可能にし、一年以内に結界を完成させる計画を立てた。計画が決まると次々とポッドが各地へ分散していく。船内では重機ポッドを増産し、十五分おきに百機の重機ポッドが生産されて各地へと散っていく。

一ヶ月も経つと島の近辺から塔が完成していき、結界のテストも順調に進んだ。これなら一年以内には本当に完成しそうだ。

三ヶ月も経つと惑星の三分の一にまで塔の建設が進み、地上から高さ千㎞にまで結界を張る実験も成功した。

半年で七割の地域で塔の建設が完了。あと三ヶ月以内には惑星全土を覆う事が出来そうだ。かなりのスピードである。余裕が出来たので、念のためリンドルンガがある惑星に何があっても良いように、最低でもリンドルンガの大陸にいる人達を移住させられる場所を確保する。その場所との距離はこの島から離れてはいるが、日本列島と同じくらいの面積があり、島の形は菱形《ひしがた》に近い。その島に人が住みやすいように整地して、いつでも建物を建設出来るようにした。

まぁ、あくまで緊急時のため、だ。出来ればリンドルンガのある惑星も結界で覆いたい。

あとはナブと相談して特殊な探索ポッドを製作した。この探査ポッドには従来どおりにステルス機能や通信中継機能を搭載し、新たに使い捨ての簡易ディープドライブを搭載した。このディープドライブは使用後にパージされる。この探査ポッドをまずは三百機製作し、この惑星を中心にして各星系へと飛ばした。

この惑星全土を結界で覆う事に成功した頃には各星域からデータが届き始め、ナブはそのデータの整理を行っている。
《マスター、速報のデータが届きました》
「分かったナブ、モニターにデータを投影してくれ」
《はい、マスター》
大きなモニターにデータが映し出された。それを確認すると、この辺りの星系にはまだ宇宙害獣が進出してきた形跡はないが、一番遠い探査範囲外縁に宇宙害獣の斥候と見られる小規模の群れが確認された。
ナブと話し合い、宇宙害獣がいると思われる場所の広範囲へ新たに探査ポッドを送る事を決定した。このデータは仲間達と共有し、意見を出し合って対応策を練ることとなった。
今後の対応はこの惑星を拠点として原初の船の回収を続け、超古代文明のデータを得る事。そして、その超古代文明の民がどこに移住したのかを最終的には突き止める事を目標とした。
船内で暮らしていた村人全員を安全が確保されたこの惑星に降ろした。そして、宇宙害獣がいた方面を急いで探索し、原初の船を回収するために旅立つ。
《マスター》
「なんだナブ」
《転移ゲートの初期理論の確立に成功しました》
「おお！　出来たか！」
《はい、これからはその理論に従って試作ゲートを作製します》
「頼んだ、ナブ」

《はい、マスター》

拠点のある惑星から旅立って三ヶ月が経過した。

仮称だが、拠点のある惑星の名前を大地の意味が込められた〝アイア〟とした。

この三ヶ月で五隻の原初の船を回収している。拡張した空間は当初の十四倍、ドックの空間も拡張し、三つのコントロールＡＩをメインＡＩへと統合し、残り二つは新たに建造された小型戦闘艦〝はるうみ〟と〝はるやま〟の二隻に搭載した。これで母船の上下左右前後に小型戦闘艦が配置可能になり、防御力が増す事になった。

『タキノ、そっちに二体行ったわ。大丈夫かしら』

ルカが観測データを見ながら通信を飛ばす。

「ああ、こちらでも確認した。問題ねえ」

タキノは自機を操作してスラスターを噴かす。あっと言う間に敵の低級宇宙害獣二体へと迫る。

ブーン！　とタキノのアーマーが魔導ビームサーベルを振るうと、害獣は真っ二つになる。もう一体の害獣はそれを見て怒ったように腹部にある折り重なった体皮をブブブブと鳴らす。それに構わずタキノはスラスターを巧みに操作して方向転換を行うと、残りの害獣へと迫っていく。

害獣は体当たりをしようとタキノの機体へと飛び込むが、寸前でタキノは全力でスラスターを横に噴射して躱《かわ》し、すぐに逆噴射をして機体を静止させ、さらに害獣に向かっていく。

害獣はすぐに旋回しようとするが、タキノはそれを許さずに背後から害獣を斬り伏せる。

『タキノ、全ての害獣は駆除されたわ。帰還して』

「ああ、分かった」
通信を返すとタキノは機体をゆっくりとロールさせながらスラスターを最大に噴かし、母船を目指す。遠くにサイの機体が加速して同じ方向に飛行しているのがモニターに映る。それを目の端で確認するとタキノは楽しそうに機体を操作して帰還していく。

「今回の群れは低級害獣二十体か？」
《はい、マスター》
「この七日間で計八十三体か……接触頻度が少し上がってきたな」
《はい、探査データでもこれから先の宙域に五つの群れを確認しています》
「数の少ない群れから対応だな。データの方は集まったか？」
《はい、大体の害獣の身体の構成データは揃いました》
「中級害獣のデータが無いのが気になるが……」
《推測になりますが、低級害獣の戦力概算で百倍ほどかと》
「それだと通常兵器では効かない可能性があるか……ナブ、アーマードアーマーの改修は終わったのか？」
《はい、マスターの希望どおりに完成しています》
「これである程度の数には対応出来るか……ナブ、次の群れを選定してくれ」
《はい、マスター》
俺は母船のコントロールルームから出て食堂に向かう。

すると、「なうぅ」と猫が擦り寄ってきた。

「ミロ」

俺は猫の名前を呼びながら頭を撫でる。ヘルミナとルカで名前を付けたのだとか。

食堂に着くと出番の無かったパイロット達が今回の戦闘データが表示されているモニターを見ていた。

今回、出撃したのはルカ、サイ、タキノとスタンダードアーマー八機である。被害は無し。

ヘルミナが寛《くつろ》いでいるテーブル席の横に座り、ハーブティーを注文する。

「今回も問題なかったようね」

「そうですね、ヘルミナ。害獣の行動データ、生体データも揃いましたし、あの数程度であれば問題ないです」

「確か五つの群れが見つかっているのかしら」

「ええ、そうです。四つは低級が最大四十程度の群れですので問題ないんですが、五つ目がですね」

「多いの？」

「多い上に、まだ戦った事のない中級が三体確認されています」

「そうなのね。やらないの？」

「もちろん、やる予定ですよ」

「ふふふ、そうよね」

ヘルミナは嬉《うれ》しそうに笑う。

「タキノは喜んで中級へ突っ込んでいきそうね。ふふふ」

「ハハ、たしかに突っ込んでいきそうですね」

そこにドタドタと足音が聞こえ、不満そうなタキノが食堂に入ってきた。

「なんだか手応えが無かったな」

俺とヘルミナは顔を見合わせて笑う。


数日が過ぎた頃には四つの低級宇宙害獣の群れを潰す事に成功し、最後の大きな群れに対抗する準備を整えている。

俺とタキノはそんな中、時間を見つけて海エリアで船釣りをしている。ポカポカと擬似太陽が照りつける陽気で風も心地よい程度に吹き、船上はのんびりとした空気が流れている。俺達は船の左右に分かれて釣り糸を垂らし、当たりを待っている。

「なあ、コウ。次の駆除は成功するのか？」

「う～ん、一応は大丈夫じゃないかと思います。ナブも成功する確率は九十%だと試算していますし」

「まぁ、今回の作戦では俺は中級一体を相手にするだけだからな。腕が鳴るぜぇ」

とタキノは獰猛《どうもう》な笑顔になる。

「ハハ、ほどほどにお願いしますよ、タキノ」

三日後……。母船のコントロールルームではルカに鍛えられた三人のオペレーター達が、探査ポッドとルカの機体から送られてくるデータをナブと共に精査して、各機にデータを送信している。

コントロールルームの中央にある立体ホログラムには、リアルタイムで敵と味方機の動きが反映されているのが見える。敵の低級害獣の数は約二十万、それに中級害獣の三体が群れの最後に控えている。

俺は母船近くでアーマードアーマーにて待機している。

《マスター、準備が整いました》

「了解だ、ナブ。これから害獣殲滅戦を開始する」

《はいマスター。全機に作戦開始を通達します》

俺は息を吐くと、新たに積まれた二基目の大型補助ＡＩに魔法陣構築を手伝ってもらいながらアーマードアーマーの周りに魔法陣を展開していく。その数二万。一射目の準備が整う前に、もう一つの大型補助ＡＩが次射の魔法陣構築を始める。準備状況を確認しながら母船から送られてくるデータを基に害獣をロックオンしていき、一射目を発射。数多《あまた》の魔法陣が煌《きら》めき、光の矢が中空を突き抜ける。その結果を見る事なく次射の準備を始め、二基目の補助ＡＩと共に準備を完了させて二射目を撃つ。

この繰り返しにより十分もかからずに二十万もの低級魔獣が壊滅。残りの低級魔獣はアーマー隊と小型戦闘艦六隻が殲滅していく。

サイとタキノの機体は殲滅された低級害獣の欠片《かけら》の間を全力で飛行する。目指すは中級害獣。

ヘルミナの機体は中距離にてレールガンを用意して、サイとタキノの機体と中級害獣との戦闘開始に備えている。

サイとタキノの機体が目標へと近づくと、送られてきたデータから中級害獣に変化が見られた。

警戒しながらさらに近づいていくと中級害獣からエネルギー反応が出た。二人はすぐに反応してそのエネルギー体を避ける。エネルギーの塊が機体の間を掠《かす》めるように通り過ぎると残滓《ざんし》がチリチリと宙空を漂う。

サイは副腕を展開して光魔法のライトアローを中級害獣に連射するが、害獣は意に介さずライトアローをその体表で霧散させるとエネルギー弾を撃ち出してくる。

タキノも中級害獣の攻撃を掻《か》い潜《くぐ》り、肉薄して魔導ビームサーベルを振るうが、害獣に傷をつける事は出来なかった。

「チッ！」

タキノは舌打ちすると機体を後退させる。

『タキノ、俺は一度装備を交換するために下がるが大丈夫か？』

「ああ、任せておけ」

タキノは害獣へと向かっていく。

「ルカ、専用装備デリバリーオーダー」

『了解、サイ。コンテナを送るから捕まえてね』

「了解だ、ルカ」

ルカの機体からコンテナが切り離され、スラスターを噴かしてサイの機体へと飛行していく。

サイは立体ホログラムに映る自機とコンテナが飛行しているコースを確かめながら機体を微調整して待ち構えると、すぐにコンテナはスラスターを逆噴射させて減速し、兵装を展開させる。サイは機体を操作して専用兵装を取り出すと両脇にアタッチメントで固定する。機体がそのハンドルを握ると兵装とリンクを確立させる。

「これでやれる」

サイは機体を操作し、タキノが中級害獣三体を足止めしている宙域へと急ぐ。

「待たせたな、タキノ」

『さっさとやってくれ。俺も一度後退する』

「了解した。ヘルミナ、援護を頼む」

『了解よ』

ヘルミナの声がサイの機体のコックピットに響くと、機体後方からレールガンの砲弾が中級害獣へと向かってその体表に穴を穿つ。害獣は苦しげに咆哮する。

「グァアアア！」

痛がるように身を捩《よじ》り、警戒が散漫となった隙にサイの兵装の砲口が向けられる。

「試射した時とは威力が違うぞ」

サイは口角を上げて、兵装の引き金に機体の指をかける。

タキノは焦ったように機体を操作して急いで機体を後退させる。

「ルカ！　専用兵装アーリーデリバリーオーダーだ！　なんでも良いから急げ！」

『何よ！　落ち着きなさい。焦っても良い事ないわよ』

「いちいち煩《うるせ》えんだよ！　さっさと寄越《よこ》しやがれ！」

『何よ！　帰ったら覚えておきなさい』

ルカはタキノ機の座標を入力すると、専用兵装コンテナを切り離してコンテナを射出する。

タキノは立体ホログラムで向かってくるコンテナを確認して一息つくと、魔導ビームサーベルを格納して受け入れの準備をする。タキノの専用兵装コンテナは逆噴射して減速。タキノはコンテナから専用兵装パイルバンカーを機体の左腕に装備すると、中級害獣がいる宙域へと全力で機体を加速させる。

* * *

専用兵装の引き金を引いたサイの機体は、機体エネルギーを専用兵装へと振り絞るように注ぎ込んでいく。砲身からはみ出るように五つの魔法陣が煌めき、魔法で加工された砲弾が撃ち出され、サイは機体背部のスラスターを点火させて反動を抑える。

五つの魔法陣により超加速していく砲弾が高速で回転しながら砲身を抜けると、二十m先に二つの巨大な魔法陣が展開される。この魔法陣はサイとナブが相談して組んだ、砲弾にエンチャントする魔法陣である。一つは砲弾内部に強力な爆発魔法を組み込み、もう一つは砲弾先端に貫通のエンチャントをする魔法陣だ。それが中級害獣へと唸《うな》りを上げて迫っていく。

その砲弾が害獣へと着弾。

貫通のエンチャントで中級害獣の頑丈な体皮を突き破り、害獣体内中央部分で砲弾を包んでいた結界が崩壊、元々内部に圧縮されて溜《た》められていたエネルギーが爆発拡散する。加えて砲弾内部に仕込んだサイの爆発魔法も炸裂《さくれつ》。中級害獣は跡形も無く爆散する。

サイは機体前面に結界を張ると、専用兵装の砲身部分の冷却ハッチが開く。するとその冷却ハッチ内部に魔法陣が光り、冷却を促進していく。

サイはモニターで結果を確認して満足そうにニヤリとすると、端に表示されている冷却完了時間を確認する。

冷却完了まで残り一分五十五秒。

サイは肩の力を抜くとゆっくりと状況をデータで確認する。そのサイの機体の横をタキノの機体がロールをしながら追い越していった。


「ヒャッホー！」

タキノは謎のテンションで駆け抜け、残り二体の中級害獣へと機体を加速させる。

ヘルミナは残り二体の中級害獣を抑制するようにレールガンで射撃していく。二体の害獣はレールガンの砲弾を食らいパニックに陥っている様子だ。元々中級害獣ともなると低いながら知性はあるようだ。それも今までは反撃されることなく星々を蹂躙《じゅうりん》してきた。それが今は攻撃を受けて三体のうちの一体は身体が爆散してしまった。

　そこに……、

「あばよ」

　タキノの機体が中級害獣の体皮に左腕のパイルバンカーを打ち付けた。

「さあ、喰《く》らえ！　俺は魔法は苦手だがな、加速の魔法陣一つくらいなら構築出来るし魔法陣に魔力を込める事も出来る！　単純なことしかしていないがな、これが効くんだよ！」

　とパイルバンカーを射出させる。その瞬間にパイルバンカー先端に魔法陣が輝き、機体から魔力が大量に流し込まれる。

　射出された杭は加速魔法陣で暴力的なまでの加速を得る。その反動が起きる直前にパイルバンカー後部から斜め後ろ方向に四つのスラスターが大きく噴き出し、強力な反動を封じ込める。杭はズブリと体表に食い込み、速度を落とす事なく前進。そして奥深くめり込むと杭は爆発した。

　害獣は少しの間暴れるが、すぐに動きを止めて沈黙する。

　タキノの機体が二体目の中級害獣を倒したのを確認したヘルミナは、自機が持つレールガンの追加機能を発動させる。砲弾を装填して追加機能が働き、砲身に魔法陣が複数展開されるとバチバチとプラズマが走る。ヘルミナはデータモニターを確認してエネルギー充填率が臨界を迎えると機体を操作してレールガンの引き金を引く。

バチバチバチと砲弾が撃ち出される。その砲弾の周りにはプラズマが纏《まと》わりつき、プラズマの尾を引きながら飛翔する。最後の中級害獣にその砲弾が突き刺さる瞬間、放電して害獣を感電させた。

さらに砲弾は体内を進み、プラズマを撒《ま》き散《ち》らす。奥深く突き刺さった砲弾は内部に蓄えられたプラズマが拡散して爆発。内部からプラズマを撒き散らしながら害獣は爆散する。

ヘルミナは状況を確認すると、どうやら低級害獣の掃討も終わったようで、機体を母船へと向けて飛行する。

その後ろを追うようにサイとタキノの機体も母船へと向かう。

遠くにスラスターの光が見える。他のアーマー達も帰途についているようだ。宙域には害獣の残骸とアーマーの光跡だけが瞬く。

第九章　地球

大規模な宇宙害獣の群れを殲滅《せんめつ》して二日が経《た》った。

中級害獣のサンプル回収などを終わらせて、俺達は原初の船の回収作業の旅に戻っていた。

害獣の生息すると思われる宙域には原初の船の移住記録がないため、とりあえず原初の船が残されている星へと向かう。

ディープスペース航行中にアーマー各機の整備を行い、装備の再検討などを済ませる事にした。

回収したサンプルを基に新たなアイデアを構想しながら研究を始める。

数日が経つと目標の宙域にディープアウトする。探査ポッドから送られてくるデータでは、またもや滅亡目前の状態と判明した。

原初の船との通信は成功し、合流を望んできたため目標の惑星へと急ぐ。

辿《たど》り着《つ》いた惑星は不安定な環境の惑星だった。探査結果から地脈の流れが不安定で、あちらこちらに魔力溜《だ》まりが出来ては巨大な魔獣や変異種を生み出していた。その魔獣が地を闊歩《かっぽ》し、人種の生活圏を荒らしている。それに自然災害も多く、火山噴火に地震と人が住みにくい環境と言える。

特に地脈の不安定さは酷《ひど》い。地脈は同じ場所を流れるのではなく、不規則に行き先を変える。今までは安全だと思われていた地域に魔力溜まりを作り、強力な魔獣を生み出している。

今回はそんな過酷な環境のなか過ごす獣人族、エルフ、ドワーフ、人族を救出した。彼らにはこの惑星の正確な状況を説明し、話し合った結果船内に移住する事となった。

原初の船も合流を果たしてコントロールＡＩはメインＡＩへと統合。空間拡張機能も母船へと移設した。今回の空間拡張では新たに温泉地域を設けて擬似的に温泉を楽しめるようにした。

他の地域の人達も探したが見つからなかった。今回救出出来たのは約四千名。これがこの惑星で生き残った最後の人達なのかもしれない。

移住した人達の住まいを土木ポッドが急ピッチで建設し、数多くの集合住宅を建てた。

ルカを中心にして移住者の各種族から代表を選出して簡単な議会を作り、そこで話し合われた事を俺やナブに相談して実行と運営をしていく事となった。

一ヶ月も経つ頃には各々の希望を聞き、畑や仕事場を斡旋《あっせん》していく。もう一ヶ月もすれば生活が回り始めた。ただ、中には跳ねっ返りも一定数いて、だいたいは狼《おおかみ》獣人を中心に犬獣人と猫獣人が数人だった。

そんなやんちゃな彼らはタキノに挑み、ボコボコにされて今では「兄貴」「兄貴」とタキノに付きまとっている。タキノも満更でもないのか、時折構って剣術を指導している。

いつの間にか、そんな彼らはタキノの真似《まね》をして腰に木の棒を下げて歩いている。

「ボス、今日もご機嫌ですわね」

「ボスじゃねえ」

ルカが食堂に入ってくるタキノをからかった。

「あら、寮の外で子分達がボスを待っているわよ」

「ああ？　そんなのは知らねえな」

タキノは注文した日替わりランチを食べ始める。

「アンタが勝手に拾ってきて構ったんだから、最後まで面倒見なさいよ」

「なんで俺が」

と文句を言いながら昼食を済ませる。

食事を済ませたタキノが食堂を出ると、二十人近くの獣人の若者達が頭を下げてきた。

「お疲れ様です、兄貴」

「おい、お前らはもうここには来るな」

「いいえ、兄貴の側《そば》から離れません。俺らも兄貴のような剣士になりたいんで」

獣人達は揃《そろ》って再び頭を下げる。困ったタキノは頭を掻《か》く。

「ダメだ」

「俺らは引きませんよ」

　と獣人達はまた頭を下げる。

「タキノ、どうしたんですか？」

「あのな、コウ……」

俺はタキノから事情を聞く。

「う～ん、そうですね。ではこうしましょうか。タキノが監督して新たに部隊を作りましょうか」

「大丈夫か？　コウ」

心配そうにタキノは言う。

「大丈夫ですよ。多分……ですが。訓練は厳しくしてください。目指すは近接特化部隊でしょうか」

「まぁ、コウが良いっつうなら良いんだけどよ。おい！　お前ら厳しい訓練に耐える覚悟はあるか！」

はい！　と　獣人の若者達は声を張って一斉に答え、整列する。

「タキノ、任せましたよ」

これは後に機動愚連隊《ぐれんたい》という近接特化部隊の始まりとなる。

早朝、俺は森林公園エリアのジョギングコースを走っていた。しばらく走っていると後ろから足音が聞こえてきてタキノが横に並ぶ。

「よっ、コウ」

タキノは俺に声を掛けると追い抜いていく。すると後ろから複数人の足音が聞こえてきて、濃い青の訓練服を来た獣人達が足並みを揃えて二列で走ってきた。一、二、一、二と声を掛けながら横を通り過ぎる瞬間、獣人達は律儀にも俺に頭を下げた。

食堂に行くと何やら騒がしい。青い訓練服の獣人に、グレーの訓練服のアーマーパイロット、それにダークグレーの訓練服を着たアーマー魔法機のパイロット、白い制服を着たオペレーターらが朝食を取っていた。

俺はサイがいるテーブルの空《あ》いている席に座り、朝食を頼む。配膳された朝食はトースト二枚にバターが一つ。ドレッシングの掛かったサラダと茹《ゆ》で卵《たまご》一つに牛乳がコップ一杯。食べ終わると食器類は下げられてコーヒーが運ばれてくる。だいぶ静かになった食堂でコーヒーを飲む。

コーヒーを飲んでまったりしていると、向かいの席にルカが笑顔で座ってきた。

「ねえ、コウ。これ」

目の前に紙が置かれる。なになにと内容を見ると、新規採用と書かれている。

アーマーパイロット候補生
人族　　……十二名
獣人族　……二十三名（狼獣人六名、犬獣人十名、猫獣人七名）
魔法機アーマー候補生

エルフ　　……八名
データ管理部門候補生
人族　　　……三名
獣人族　　……十名（羊獣人六名、ウサギ獣人四名）
生産・研究部門候補生
ドワーフ……二十六名

「うん、良いんじゃないでしょうか」

「ありがとう」

「その辺は任せますよ」

「はい、任せられました」

とルカは笑う。

「でもあれですね。ここじゃ手狭になりそうですね」

「そうよね」

「もう一棟建てましょうか」

「そうね、それが良いわ。じゃあ、それも任せてくれないかしら」

「良いですよ。ナブと相談して進めてみてください」

「了解よ」

ルカはご機嫌になって厨房《ちゅうぼう》の中へと入っていく。

数日が経つと、寮エリアの横に大きめの寮が建った。ルカの話によるとその寮には新規採用をした者達が全員入寮したという。元々ある寮エリアは、俺達幹部専用とした。

混まなくて良いね。

一度、新しい寮を見に行ってみたらかなり広い食堂があった。あれなら大人数でも収容出来るね。

コントロールルームに入ると人が多い。配属された三人のオペレーターにルカ、それに訓練中のオペレーターが六人いる。

ナブに訓練生の状況を聞くと概《おおむ》ね順調だと返ってくる。

次の目標となる惑星までは五日。それまでは宇宙空間での訓練も行われている。かなりハードだと聞いた。

アーマーの新たな兵装について、各々からの要望の報告を受けた。まずはタキノ。やはり飛び道具がないと危ない場面もあるという事から、現在使っていない重力ドライブ下面に装着されている副腕二つに魔導バルカンを装備した。これは機体の動きに合わせて防御するように自動で弾幕を張るものだ。サイからは魔導ライフルの装備依頼があった。もちろん、了承する。ヘルミナからは近接魔導銃器の開発依頼があったため、機体に装備した。弾をばら撒《ま》く魔導サブマシンガンだ。これで突っ込んでいきたいのだとか。

他にもパージ出来る追加装甲などを開発した。これはタキノが鍛えている部隊の装備となる予定だ。面白そうだ。

あとは小型戦闘艦の建造は終わらせて、今度は中型の戦闘艦を作る事となった。これは次の原初の船と合流次第建造する。この戦闘艦にはディープドライブも装備する予定だ。

他にも計画はあるがまだ研究段階である。

転移ゲートもかなり小さなものであるが完成している。もう少しで大きなものも出来るだろうな。

そういえば、この原初の船の回収作業でたくさんの惑星を訪れたわけだが……神や神の眷属《けんぞく》と呼ばれる者に出会っていない。どういう事だろうか？　他の惑星には神がいない？　どうなのだろうか？　謎だ。


俺達は次の目標の惑星軌道上に到着した。

探査ポッドのデータでは地表に誰一人として人種は確認出来なかった。惑星の魔力が流れている地脈も安定しているし、自然災害が多く発生しているようにも見えない。魔獣が存在しているようだが、人種を滅ぼすほどの脅威となるような魔獣は見られなかった。

しかし、原初の船と合流後に色々と判明した。

人種はこの惑星に到着する前の原初の船に乗った当時から争いごとが絶えず、次第に暴動へと発展して何回かポッドが介入したようだ。鎮圧したもののその後も争いが起こり、目標の惑星の地表に降り立つ事が出来た人種は約三百名。しかし、その者達も複数のグループに分かれて協力する事なく活動をし続け、一年も経たずに全滅したとデータにはあった。

なんと愚かな。

今、見下ろしている惑星の環境は安定しており、魔力も潤沢で魔獣もそれほど脅威になるものはいない。ちゃんと開拓していれば発展出来たと思う。

もったいない。

ここは将来人族が移住可能な惑星として記録しておこう。

今回の原初の船のＡＩは中型戦闘艦一番艦のコントロールＡＩとした。空間拡張機能もドックに使用し、中型艦のスペースを確保した。

しばらくはこの宙域で習熟訓練を行う。ほとんどの訓練生はアーマーの操作にも慣れてきていて模擬戦でも良い成績を残している。そろそろ、正規のパイロットとして採用したい。あのヤンチャな獣人族達も従順になり、今では規律正しい生活と訓練をしている。なんだか更生したヤンキーが優等生よりも快活で爽やかに感じるのと同じような印象を受ける。タキノのお陰なのだろうか。

数日が経った頃、訓練生を正規パイロットに格上げした。アーマーパイロットは現アーマー部隊に配属、魔法機パイロットも魔法機部隊へ配属した。

タキノが鍛えた獣人部隊は特殊強襲部隊となった。この部隊は遊撃や強襲偵察などを行う部隊だ。アーマーには追加装甲が装備されて左手には大型の盾、右手にはヘルミナがオーダーした魔導サブマシンガン。腰背部には新規に開発された高周波ブレードを装備。他には補助兵装として魔導ビームサーベルを一つ装備させた。オプション装備としては背部重力ドライブの左右に魔導バルカンか魔導弾砲を装備する事も可能だ。アーマーの機体は青を基本としたデジタル迷彩に塗装されている。

そして、次の目標へ向けてディープスペースへと突入していく。

俺は自室でナブと新しい兵装の話をまとめ、研究や開発を進めていった。

自室の椅子に座りモニターを眺める。モニターには船内の状況が次々と切り替わって表示されていく。

ふふふ、タキノが魚を釣り上げる瞬間が映った。次はここの寮の食堂が映り、ルカが新メニューの試作をしている様子が映る。今度は畑が映り、人々が働く様子も見られる。

俺は収納から缶ビールを取り出してタブを開ける。プシュッと音がして泡が溢《あふ》れ出る。それを口で掬《すく》うように飲む。ゴクゴクと喉を鳴らして一息つく。

美味《うま》いな。やっと落ち着いてきた感じかな。

一本を飲み切り、もう一本を収納から取り出してタブを開けて飲む。収納からチーズを取り出してツマミにする。これが美味《おい》しい。

部屋の隅を見ると魔導ピアノがある。立ち上がると魔導ピアノを操作して曲を流す。

うん、安らぐね。

椅子に座り直してビールを飲む。ああ、美味い。

その一本を飲み切るとベッドに倒れ込む。目を瞑《つぶ》ると魔導ピアノの優しい音色が聞こえる。俺はウトウトと眠りに誘われて意識を失う。

《……ウ》

《コウ……や》

誰かの声に気がつき、覚醒していく。
《コウ、ワシじゃ》
声が頭に響く。辺りを見渡すとこれが念話だというのに気がつく。
《コウ、ワシじゃ。聞こえるかの》
「はい。コウです」
《コウよ！　久しぶりじゃの》
「グリフォンさんですか？」
《そうじゃそうじゃ》
「この距離で念話が通じるのですか？」
《ふむ、これはの、神の計らいじゃ》
「そ、そうですか」
《神からの伝言じゃが、〝コウよ、この星は心配せずとも良い。この星には虫どもは近づけぬ〟だそうじゃ》
「そうなんですか？」
《そうじゃそうじゃ。コウよ、疑問に思わなんだか？　他の惑星に神や神の眷属は存在したか？》
「ええ、出会わなかったので少し疑問に思ってました」
《そうじゃろう。神の話ではの、まぁ一方的に話していっただけだが……。そうそう、神の話ではの、この宇宙にはあの神しか存在していないと言っておった。それに我がいる星は神が息抜きとして見ていた星なのじゃよ。だからあの星には神の聖域となる隔離された森がある》

「そうなんですね」

《そうなんじゃ。ワシも初めて聞いたわい。それである時にな、神の不手際でヌシがあの星に転生したのじゃ。それは神の天啓となった。ヌシはあの星の悪の元凶を滅ぼしたろう？　神は喜んでおった》

「はぁ」

《それでこの念話に繋《つな》がるわけじゃ。ヌシに神からの伝言じゃ》

「なんでしょうか？」

《ふむ、ヌシが生まれた地球といったかのう。その星に二～三年後に危機が迫っていると言っておった》

「何が起きるんですか？」

《それは分からんが神はこうも言っておった。あの地球は神も一度は見ていたようなのじゃ。そこで魔力が薄い事が心配になり眷属を置いたのじゃ》

「それはグリフォンさんのような存在ですか？」

《いや、ワシらのような魔獣をベースにしたものではない。人種の姿をした神の眷属を複数置いたのじゃ。まぁ、魔力が薄くて魔獣は生まれんからのぉ。人種の形《ナリ》の方が良い事もあるじゃろう。そこでその地球では面白い事が起こったのじゃ。魔力が薄いと言ってもゼロではないからの。そんな中に魔法の適性がある者が生まれたのじゃよ。その者らは魔力の関係で連続で魔法を行使出来なかったが、それでも奇跡と見える魔法を使った。それは時には人の体を治す魔法や海を割るような魔法じゃ。そして皮肉な事にな、その者達を地球の者達が神として崇《あが》めるようになったのじゃ。それ

で神の眷属が力を失い今に至るわけじゃ》

　なんとなく地球上で最も広まっていた宗教の事を思い出す。

《そんな地球じゃがな、もしヌシが助けたいと思うなら調べてみると良いじゃろうな。これで終わりよ。それではコウ、達者でな》

　ここで念話が切れてしまった。俺はしばらく考え込んでモニターを見つめる。

　少し考えた後、ナブを呼ぶ。

「ナブ」

《はい、マスター》

「念話は聞いていたか？」

《はい、超長距離の念話の魔力を探知したのでモニターしていました。ただ、超長距離で念話魔力が乱れていたためところどころ聞き取りづらい部分はありましたが、おおよそは分かりました》

「記録は取れているか？」

《はい》

「誰にも分からないように秘匿してくれ」

《はい、マスター》

「ナブ、分かっているとは思うが、地球という天の川銀河太陽系第三惑星になんらかの危機が二～三年後に迫っているという。俺の故郷の星なんだ。探査ポッドを地球に送って大規模な自然災害や人類が滅亡するような戦争が起きる可能性があるか調べてくれ。あとはそうだな、重力ドライブによる巡航速度を基準にして、地球まで三年の距離の間に地球を滅ぼすような隕石《いんせき》が向かっていないかも調べてくれ」

《はい、マスター》

　ふうと息を吐くと地球でまだ生きていると思われる両親を思い出す。

「まぁ、やるだけやってみるさ」

　と呟《つぶや》き、自室を出て食堂へと向かう。

　三ヶ月が過ぎたある日。
《マスター、地球に関して気になる探査結果が出ました》
「分かった、報告してくれ」
《探査結果により、地球上で地球を滅ぼすような自然災害の兆候はありませんでした。戦争や紛争は各地で起きていますが、人類が滅びるほどの戦争発生の兆候もありませんでした。次に地球外探査結果ですが、今回用意した探査ポッドからの探査データには地球へと向かう隕石などは確認出来ませんでした。しかし、他の探査ポッドによるデータで気になる情報を得ました》
　目の前に立体ホログラムが浮かぶ。
「うん？　これは」
《はい、これは宇宙害獣が生息している外縁のデータですが、マークした地点にいる大規模な群れがどうやら天の川銀河方面へと移動しています》

「どれくらいの速度なんだ？」
《現在の群れの速度ですと、もし太陽系を目指しているなら二十年かかる速度です》
「これだけではなんとも言えないな。監視は続けてくれ。それと他にも何かないか調べてくれ」
《はい、マスター》

地球、日本、東京、某警察署。

「先輩、例の紙片の解析結果が出ました」

と後輩の中川《なかがわ》が逸見《いつみ》に声を掛ける。昼食のコンビニ弁当を食べ終えた逸見はお茶のペットボトルを開けて一口飲んでから答える。

「声がでけえよ、中川」

逸見は辺りを見渡す。周りに並ぶデスクのほとんどは空いていて、他の者達は昼食に出掛けているか捜査に出ているかして不在だ。逸見はふぅ～と息を吐くと、中川から解析結果が記された報告書を受け取り、その内容を読む。

「未知の植物か……」

「先輩、間違いなく異世界からのものですよ」

と中川は嬉《うれ》しそうに話す。

「ああ、そうなんだろうな」

「そうですよそうですよ。剣と魔法の世界なんですかね？　それとラボの奴《やつ》らがどこで手に入れたんだと騒いで大変でした」

「それは悪かったな」

「今度、夕食奢《おご》ってくださいよ」

「ああ、分かった分かった」

シッシッと払うように手を振ると、中川は笑顔で自分のデスクへと戻っていった。

剣と魔法の世界か、それとも科学が高度に発達した世界なのか……興味はあるな。

そう考えながらコンビニ弁当の空の容器をゴミ箱に入れた。

逸見は日が入り込んでくる窓の外を眺めながら考える。

もう一度、手紙が来ると良いのだがな。無理か。

無意識にデスクの上に置いてあったタバコから一本を取り出して口に咥《くわ》えると、年配の事務員に肩を叩《たた》かれる。

「逸見さん、タバコ」

と言われて咥えていたタバコを元に戻す。それを見て事務員は自分のデスクへと戻っていった。

「さて、外回りに行くか。中川！　行くぞ」

「はい、先輩」

中川は逸見の後を小走りで追った。

この三ヶ月で原初の船を四隻回収し、一隻分は中型戦闘艦に使用して残りは母船に統合した。新たに配属されたパイロット達も腕を上げてきており、中型艦による偵察訓練も行われて戦力の増強に努めている。

これまでに寄った一つ目の惑星は、人種はいたが魔法を使った形跡もなく文明が進んでいるような状況ではなかった。二つ目、三つ目の惑星は人種が存在していてそれなりに栄えていたが、文明も魔法力も進んでいない星だった。四つ目の惑星は魔法が忘れ去られてはいたが、蒸気を使った機械類が一部に見られた。四つの惑星の原初の船のデータに共通したのは、やはり船に乗った時から争い、地表に降りてからも争い続けた人種のデータだった。

《マスター、準備が出来ました》

「了解した。始めてくれ」

目の前の大きなモニターには大きな円形状の物が展開していて、その内部が光ると黒く渦巻く。そこに無人の小型戦闘艦が突っ込んでいく。

《マスター、成功しました。出口のゲートから問題なく小型戦闘艦はるかぜがゲートアウトしました》

俺は安堵《あんど》の息をつく。

「はるかぜの点検後、何度か繰り返しテストをしてデータを取ってくれ。ナブ、次の段階に進もう。

「転移距離の確認だ」
《了解しました。手配します》
「任せた」
《はい、マスター》

　それから数日を掛けて転移ゲートのテストをすると、中型戦闘艦がゲートを乗せてディープスペースへと消えていく。

　コントロールルームにいる俺はモニターを眺める。そこには地上で魔獣を相手に戦うアーマーの姿が映る。なかなかの連携で魔獣を圧倒して次々と討ち取っていく。しばらくすると危険な魔獣の姿はなく、アーマー部隊は中型艦に収容される。

　現在は原初の船を回収して人種のいない地域でアーマーによる魔獣討伐訓練を交代で行っている。モニターには地上から百mの高さに浮かぶ中型戦闘艦二番艦なつなみが映っている。一番艦であるなつかぜは、現在ディープスペースを航行中である。

「コウ、アーマー隊はだいぶ良くなってきたわね」

　ルカが声を掛けてきた。

「ええ、タキノが鍛えている例の部隊の存在も刺激になっているようで」

「ふふ、タキノが随分と鍛えたからね」

　モニターに動きがあり、中型艦が上昇をし始める。

「交替の時間ね」

ルカは前に座るオペレーターに指示を出す。俺はコントロールルームを出ると食堂へと向かう。
食堂に入るとサイとタキノが席で何やら話をしている。こちらに気が付いたタキノが手招きをする。

「コウ、こっちだ。なぁ、サイと話してたんだけどよ。俺らも対害獣殲滅用の兵装が必要だと思うんだ。もちろん、コウが使うようなあんな大きいのは要らねえが、何か出来ないだろうか？」

タキノとサイは真剣な目でこちらを見る。

「ウ～ン、そうですね」

俺は今思いついたアイデアを話す。

「おお、それは面白《おもしれ》えな」

「それが実現出来れば良いな」

タキノとサイが喜ぶ。二人は席を立つとコントロールルームへと向かっていった。ナブに相談するのだろう。俺はコーヒーを頼んで一服する。

コーヒーを飲み終わる頃にヘルミナが食堂に入ってきた。

「子供達の訓練の方は終わったのですか？」

「終わったわ。皆飲み込みが早くてね。結界は全員使えるようになったわ」

ヘルミナはハーブティーを頼むと、「みんな可愛《かわい》くてね」と微笑《ほほえ》みながら配膳されたハーブティーを飲んでいる。

「な～う」

ミロがヘルミナの足元に絡みついた。

「あらミロ」

ヘルミナがミロの頭を撫《な》でる。すると、

ゴン！

という音がした。

「痛《いて》え！」

いつもの流れでタキノの声が響く。しばらくすると言い争うルカとタキノが食堂に入ってくるとサイもやってきて、タキノ達を避けるようにこちらに避難してくる。

「ルカとタキノは相変わらず仲良しねえ」

ヘルミナは目を細めてフフフと笑顔で呟いた。

母船から宇宙空間へと飛び出した二等辺三角形の形状の大型機体に、サイとタキノのアーマーが近づいていく。タキノの機体は先端部近くに収納されて、サイの機体がその後ろに収納される。すると、上部が濃い緑で腹部が濃いグレーに塗装されている大きな機体はゆっくりと動き出す。

「こちらは問題ない」

とタキノが言うとサイも応答する。

『こっちも準備完了した』

「では試験飛行を開始する」

タキノがそう宣言すると機体を加速させる。内蔵されている重力ドライブが前方に機体を引っ張り、後部スラスターが全力で機体を押し出す。急激に加速した機体はデブリの中に突っ込んでいく。

タキノの眼前のモニターには様々な情報が映し出されて、危険なデブリにはマークがされる。それらを避けようと前面の左右に格納された大型の副腕を素早く動かすと大型魔導ビームサーベルがプラズマを散らしながら伸びて邪魔なデブリを切り裂く。細かい欠片《かけら》が結界に当たって緑に光り、弾《はじ》ける。

『俺の方も試験を開始する』

後方でサイもそう宣言すると、魔法陣が機体を囲むように展開されて、四方八方に光の矢が飛んではデブリを破壊していく。

この大型機体のコンセプトは、タキノが操りながら高速での近接戦闘を行い、サイがこの大型機体に内蔵された補助ＡＩの力を借りて魔法攻撃をばら撒く、といったものだ。タキノとサイは満足したのか機体を切り離して母船へと戻る。

二人は食堂に着くと興奮したように俺達に報告する。

「思ったとおりに力を発揮出来て良かったですね」

俺は笑顔で頷《うなず》き、二人も満足そうに頷く。俺達は缶ビールで乾杯をし、ルカが作ったツマミを食べては「美味《うめ》え、美味え」と唸《うな》りながら食べる。

そこで目の前に立体ホログラムが浮かび上がる。

《マスター、例の害獣の群れが速度を上げました》

害獣の群れの位置と太陽系の位置との間に線が引かれ、地球までの予想到達期間残り二～三年と表示される。グリフォンが言っていた地球の危機というのはこれなのか？

「ナブ、もう少しモニタリングをしてくれ。様子を確認したい」

そう言った後に、サイ、タキノ、ルカ、ヘルミナがこちらを見ている事に気付き、俺は溜《た》め息《いき》をつくと事情を説明する。

「そんな事が」

と四人は考え込むが、ルカが口を開く。

「そういう事ならコウを手伝うわ」

他の三人も頷くのだった。

「ありがとうございます。その時は頼みます」

そう言ってビールを飲み干す。

一ヶ月後、一隻の原初の船を回収してＡＩの統合と空間拡張を追加した。
《マスター、害獣の群れの進行方向は変わりません》
目の前に立体ホログラムが表示されて、群れと地球の位置のマークがされると群れの位置から線が伸びる。予想到達期間残り二～三年と表示される。
「分かった。ナブ、害獣を危機の原因として対策を立案しよう」
《はい、マスター》
それから数時間の間、ナブと話し合ったが良い解決策が思い浮かばない。地球での探索結果から予測した場合の対策はどれも実現の可能性が低く、地球全体をまとめて救う事は困難だと判断した。
結局、地球の日本にコンタクトを取り、それから他の国へと協力を仰いでもらうという結論に至った。

あとは人類を救う方法だ。

魔力の少ない地球では拠点の惑星のように結界で覆う事は出来ない。ではどうするか？　そこで一時的に拠点の惑星アイアに移住させる計画を立てる。そして原初の船を回収した惑星の中に地脈が安定していて先住民がいない惑星がある事を思い出し、最終的にはその惑星に地球人達を移住させる事にした。

移動方法は転移ゲートを使う。数日前に拠点の惑星との間をゲートで行き来する試験に成功したのだ。

早速準備にかかる。まずは整地した拠点惑星の日本と同じ大きさの島に、四角い大型トラックが通れるほどのゲートを設置し、ゲートの周りに居住施設を五千人分用意する。そして魔獣からの襲撃の可能性がゼロではないため、ゲートを中心にして直径十㎞の高さ十ｍの外壁を建設し、四方に出入り口を設ける。

そして、一度ゲートを使って母船へと戻り、地球を目指す事にした。

数日間のディープスペース航行を終え、火星付近にディープアウトする。ここからは重力ドライブ航行で進む。母船には光学迷彩と電波吸収の結界を展開する。

月の横を通過すると、青く輝く地球が見えてきた。

「何だか懐かしい景色です」

「あれが、コウが生まれた星なのね」

「ええ、正確にはちょっと違うかもしれませんが、そうだと思います」

俺は地球にいた頃に見た地球の映像を思い出す。

地球、日本、東京、某警察署。

逸見は捜査報告書を書き上げて背伸びをした。立ち上がって首を回しながら肩を揉《も》み、留守にしている上司の机の上に報告書を置き、椅子の背に掛けてあった上着を取って警察署を出る。外はもう既に日が暮れていて、街の明かりが帰宅途中で溢れかえる通行人達の顔を青白く照らしていた。そんな雑踏を足早に抜けて今晩の夕食について考える。何にするか？　ふと例のバーガーセットを思い浮かべるが頭を振る。無難にオレンジの牛丼チェーン店で牛丼の並を食べる事に決めた。

牛丼を食べ終えてお茶を流し込み、会計を済ませて店を出たところで突然、後ろから声を掛けられる。

「刑事さん」

振り向くと、そこには生成りのポンチョを羽織り、紺色のズボンと革靴を履いた少年が立っていた。歳《とし》は十五か十六歳くらいか？　こちらが黙っていると、その少年が再び声を掛けてくる。

「刑事の逸見さん」

俺の名前を知っている？　たしかにこの牛丼屋は警察署から近くてちょくちょく通っている。それに近所の奴なら何度も私服で警察署を出入りする姿を見かけていれば、俺を私服警官だと思う事もあるだろう。だが、なぜ俺の名前を知っている？

「少年。俺に会った事があるのか？」

「会ったのは初めてかもしれません。一度手紙のやりとりをしただけですから」

と少年は笑顔で言う。誰だこいつは……覚えがない。手紙のやりとりなど思い出せん。

「では私が名前を名乗りましょうか？　それなら分かると思いますよ」

名前で分かるだと？　この少年は何が目的なんだ。

「では名前を聞こうか」

「私の名前は有元航平《ありもとこうへい》です」

「あ、有元航平だと……馬鹿な」

「驚くのも無理はありませんよね。でも正真正銘、私の名前は有元航平ですよ。刑事さん」

と目の前の少年が笑う。

俺は混乱した。たしかに有元航平は知っているし、一度手紙のやりとりをした。でも可能なのか？

異世界の者が、この地球で俺の前に立っているということが……。

「しょ、証明出来るか？」

「ではそこの路地に入りましょうか。ここでは少し目立ちます」

目の前の少年に従って人けのない路地に入る。暗くはないが雰囲気がガラッと変わる。

「では刑事さん、もう少し寄ってください」

そう言われたので少年に近づくと、足元が光って風景が変わる。


「何が起きた！」

俺は思わず叫んでしまった。

「驚きますよね、流石《さすが》に」

周りを確認すると三畳ぐらいの部屋にいた。壁や天井は白く床はグレーで見た事のない紋様が刻まれており、ぼんやりと緑色に光っている。

すると目の前の壁が横に開いて通路が見えた。少年は奥へと進んでいき、部屋を出てから振り向いて手招きをする。

「こちらです」

せっかくここまで連れてこられたのだからと考えて少年についていき、案内された部屋に入ると全周囲に宇宙空間が見えて星の輝きが見える。下を見ると地球が見えた。

「こ、ここは」

「ここはこの宇宙母船のコントロールルームです。現在、この船は地球の周回軌道を回っています」

少年にそう説明されるが頭が混乱する。なんといっても先ほどまで日本の東京の牛丼屋にいたのだ。それが一瞬で地球の周回軌道を回る未知の宇宙船の中にいる。目の前で宇宙空間を見せられても信じられない。

「……」

俺は言葉にならずその光景に吸い込まれていた。

「刑事さん、まだ見せたいものがありますので、次に行きましょうか」

少年がそう言って部屋を出ていくので俺も慌ててついていく。通路を歩いていくと食堂らしき部屋に辿り着く。そこには数人……いや、獣の姿をした人？　まず、目に飛び込んできたのはウサギの耳だ。ウサギの耳だぞ！　それがピコピコと動いている。その女の子は何かの制服と見られるものを着て、ウサギの耳をピコピコと動かしながらこちらを見ている。その隣も同様だ。

猫耳だ。猫耳。

猫耳が付いた男が耳をピーンと立ててこちらを見ている。髭《ひげ》はピーンと出ていないんだなとか余計な事を考えてしまう。その隣でも犬耳や狼耳の男達がこちらを見ている。

次はなんだと視線を移すと……綺麗《きれい》でスレンダーな女性が立っている。髪の毛は緑色で髪の毛からはみ出している耳の先端は尖《とが》っている……え、エルフ？　もう何がなんだか俺はわけが分からなくなっていた。

余りにも驚きすぎて口を開けて固まっている俺に、少年が声を掛ける。

「逸見さん」

「……」

「逸見さん！」

少年の声で気を取り直し、頭を振る。

「頭がついていかない……」

「これで違う世界から来たと信じてもらえましたか？」

「ああ、うん、そうだな。信じるしかないな」

俺は曖昧に答える。

「違う部屋に行きましょう。我々がなぜ今回地球へと来たのかを説明します」

俺は少年に案内された部屋へと入る。ソファーに座ると目の前のテーブルにカップが置かれた。

「美味いな」

ハーブティーの香りと共に徐々に意識がはっきりとしてくる。

「では逸見さん、我々が今回地球を訪れた理由を説明します」

左側の中空にモニターが突然現れる。俺は心の中でこれくらいではもう驚かないぞ、と肝に銘じてモニターを見る。そこには見た事のない銀色の生物が映し出された。仮称〝宇宙害獣〟と呼ばれる宇宙に存在する生物らしい。そして、一つの惑星がその害獣によって滅ぼされる映像を目の当たりにした。俺は言葉が出なかった。そして、少年の口から地球にその害獣が向かっていることを告げられる。今見た映像よりも多くの害獣が襲ってくると……。

次々と表示されるデータを呆然《ぼうぜん》としながら見る。そして、地球に存在する兵器ではこの宇宙害獣に太刀《たち》打《う》ち出来ないのだと説明される。もう少し規模が小さければ少年達の戦力でも何とかなったが、流石にこの規模となると対応出来ないそうだ。その解決策として提案されたプランも、頭が理解するのを拒否するぐらい遠大な計画だった。転移ゲート？　意味が分からない。

しばらくすると、俺は資料を渡されて地球の東京へと戻された。


俺はフラフラとコンビニに辿り着き、アルコール度数の高い缶酎ハイを二本買い、自宅のアパートへ転がるようにして帰宅した。すぐに熱めのシャワーを浴びてサッパリすると、缶酎ハイを飲み干してベッドに倒れ込む。

翌朝、起き上がってテーブルの上を資料が入った袋を見つめる。ああ、昨日のあれは夢ではなかったのだ。俺は急いでベッドから出ると顔を洗い、適当に朝食を済ませる。魚肉ソーセージ一本と、キャベツの千切りの入った袋を皿に開けてマヨネーズと醤油《しょうゆ》を掛けて食べる。そんなやっつけの朝食を済ませて考え込む。どうすれば良い？　まずは警察署に連絡を入れて今日は有給を取る。これは決定事項だ。次はどうする？

色々と考えた結果、確か総務省に勤める大学の同期がいた事を思い出す。そいつとは特別親しいわけではないが、どういうわけか大学時代にコンパやサークル活動で一緒になる事が多かった。だからといって親しいわけではない。確かサークルのOB会で偶然再会した時に社交辞令で連絡先を交換してたのを思い出した。

強引に警察署へ有給の連絡を済ませ、藁《わら》にもすがる思いで電話を掛ける。何回かの呼び出し音の後に奴の声が聞こえる。なんでこんな時間に？　と不機嫌そうな声をしているが俺は怯《ひる》まない。地球の、いや日本の、俺の未来がかかっているのだ。そんな俺の気迫に相手は圧倒されたのか、今日の昼に会う約束を取り付ける。

昼になり、指定された料理屋に入ると個室に案内される。そこには高級そうなスーツを纏《まと》った目つきの鋭い男、磯山成幸《いそやましげゆき》が座っていた。

「よう逸見、くだらない話だったら縁を切るぞ」

「冗談を言えるぐらいなら良かったが、そんな余裕は無い」

注文を済ますと俺は磯山へ資料を渡す。それを受け取った磯山は資料に目を通し、顔を上げる。

「これは何の冗談だ？」

真剣な顔をしてこちらを睨《にら》む。

「本当の話だ。嘘《うそ》は無い。なぁ磯山、お前、とあるバーガーのセットを買ってテイクアウトすると突然消えて金貨が手元に残る話は聞いた事がないか？」

「ああ、聞いた事はあるが、オカルト好きが騒いでいるだけの作り話だろ」

「いいや、違うんだ。実際に俺が勤務する警察署管内でも発生した。二回もな」

「はぁ？　本当なのか」

「ああ、うち一回は実際に俺が体験した」

「何だと!?」

「まぁ、落ち着け。それでな、その時に残された金貨を鑑識に見てもらったんだよ。そうしたら指紋が検出された」

「それで？」

「その指紋は死んだ人間のものだったよ。それも日本人のな。死因は列車との衝突事故だ」

「間違いではないのか？」

「俺がさっきそのバーガーが消える現象を体験したと言っただろ？　その時にな、俺は紙袋の中に簡単な手紙を入れておいたんだ。それでまたすぐに他の場所でバーガーが消える事件が起きてな、その時、金貨の他に手紙も現れたんだ。俺宛の手紙がな。その差出人は有元航平という死んだはずの人間で間違いなく、本人は異世界の人間だと言うんだよ。手紙も鑑識に回したら、それに付着していた指紋も有元航平のものと一致して、尚且《なおか》つ手紙に使われた紙の素材から地球上では生育していない植物と思われる成分が検出されたんだよ。信じられるか？」

「それは信じられんな」

「そして今回の話に繋がるんだ。もう頭が壊れそうな展開だが、昨夜に彼……そう有元航平に会った。そして彼が乗る宇宙船に連れていかれて、この資料を渡された」

「……」

「既に俺一人が抱えるにしては大きすぎる話だ。引き継いでくれ」

「……」

俺は頭を下げる。

「その話が万が一本当なら地球が滅びる。でもな、もしかしたら助かる可能性もある。それが今回の話だ。何とか政府に繋げてくれ」

「ああ、分かった分かった。とりあえず頭を上げろ。こちらでも色々と調べる。それとバーガーと金貨の件も資料をくれ。何とかする」

「助かる。それとな、彼と連絡を取りたい時はこれを握って念じろ」

逸見はゴソゴソとポケットから青い石を取り出すと、その石を机の上に置いた。


東京某所。

「本当に起きていたとは」

俺は逸見から受け取った鑑識のデータを見て呟く。資料に付着していた指紋も有元航平のものと一致した。裏が取れた。これにより動き始める。

今日はあるパーティーに参加する。このパーティーは政権与党である理想党が主催し、主だった理想党の議員や連立政権を組んでいる党の議員達が集められている。俺は理想党の若手議員からそのパーティーに招待されていた。

会場に入ると招待してくれた若手議員を探す。しばらく見渡すと飲み物を片手に談笑する若手議員の姿を見つけ、近づいていく。

「磯山くん、来てくれたんだね」

参議院議員一期目の浪岡《なみおか》が満面の笑みで声を掛けてくる。

「浪岡さん、招待していただいてありがとうございます」

「ハハハ、総務省の若きエースに頭を下げられると困りますよ」

俺が軽く頭を下げると、浪岡は近くを通ったボーイから飲み物を受け取り俺に渡してきた。

しばらくすると幹事長の挨拶があり、パーティーが本格的に始まると続々と大物と言われる議員が会場に入ってくる。俺は浪岡について周り、他の議員達へ挨拶をしていく。そこに浪岡へ声を掛けてくる議員がいた。

「浪岡くんではないか。久しぶりだな、ガハハ」

「副総裁！　お久しぶりです」

浪岡は振り返って挨拶をする。そう、相手は理想党副総裁である有海《ありうみ》太《た》郎《ろう》であった。俺も浪岡から紹介されて挨拶を交わし、頭の中で有海のプロフィールを思い出す。

「あの副総裁、突然で申し訳ありませんが個別でお話ししたい事がありまして、お時間いただけませんか？」

「磯山くん！　やめなさい」

と浪岡は言うが有海も興味が湧いたのかニヤリとして、目つきを鋭くする。

「くだらない話なら容赦しないぞ」

「日本の未来に関わる事です」

俺は姿勢を正し、有海の目の奥を覗《のぞ》くように見つめる。

「ガハハ、そうか。只野《ただの》！　部屋を用意しろ」

有海は近くにいた男に指示を出すと男は早足で会場を出ていった。有海はゆっくりと歩き出し、足を止める。

「何をしておる。ついてこい」

「はい」

俺が有海についていくと、浪岡も少し躊躇《ちゅうちょ》しながら磯山の後を追う。

会場を出ると只野と呼ばれた男が待機していた。案内されながら通路を歩くと、只野は扉を開けて有海を誘導する。中に入ると、そこはかなりの広さのホールで、真ん中にポツンとテーブルと椅子があるのが見える。そのテーブルの席に座る。

「改めまして私は総務省に勤める磯山です。今回は私の大学の同期で渋谷警察署に勤める逸見という刑事からの依頼で動いています。まずはこの刑事が調べていた事件資料をご覧ください」

バーガーセットの事件資料を渡す。

「ふむ、この事件は聞いていたが本当にあった出来事なのだな。ほう、指紋も検出されて、その人物も特定されておるのか……何？　指紋の男は既に死んでいると……列車との衝突事故か……ハハハ、この刑事はやるな、自分で検証をして成功させ、さらには手紙のやり取りまで成功させたのか……その手紙にも同じ指紋が検出されて、紙の成分も解析したと……未知の植物か……異世界とでもいうのか」

有海はニヤリとする。

「そして先日ですが、逸見はこの東京で指紋の男と出会いました」

「どういうことだ？　死んでいるのではないのか」

有海から資料を渡された浪岡が顔を上げて言った。

「どうやら神の力により違う世界へと転生を果たし、今回は地球の危機を知らせるために来たと」

「ハハハ、面白いじゃないか。異世界転生か」

と有海は言う。この有海はオタク文化に造詣が深く、アニメに漫画、ラノベにも精通している。

俺は次の資料を有海に渡す。

「そして逸見は彼らが乗ってきた宇宙船へと招かれました」

「信じられないな。だがもし本当なら日本が……いや世界が滅ぶか」

有海は何かを考えるように目を瞑《つむ》る。

「その彼らとの連絡を取る手段があります」

俺はそう言いながらテーブルの上に青い石を置く。

「これは？」

「この青い石を手で握り、連絡を取りたいと念じれば連絡が取れるそうです」

最後に、逸見が宇宙船で経験した事を纏《まと》めた資料を有海に渡す。

「エルフにウサギ耳と猫耳だと……磯山と言ったな。総務省勤務か。明日からは事務次官の下につける。明日中には辞令が出るようにするから用意しておけ」

「は、はい」

俺は立ち上がって頭を下げる。

「それと浪岡。この事を誰にも話すんじゃないぞ」

「はい、承知しています」


東京、渋谷。

「ねえ、ルカ。何かすれ違う人達がこっちを見てくるんだけど」

「さすがはエルフの容姿といったところね」

魔法で姿を地球人に寄せたヘルミナ。そのモデルのような容姿をルカが褒める。

「あの建物に、コウが言っていた女性物の服を売る店がたくさん入っているのね」

「本当に人が一杯ね」

道行く人達を見ながらルカが言った。

「さぁ、ルカ。入るわよ」

ヘルミナはルカの手を取り建物の中に入っていく。

内閣府、会議室内。

「なあ、磯山。俺、場違いじゃねえか」

「俺だって場違いだと思っているぞ」

「何言っているんだ。お前、内閣府へ異動になったんだろ。もう立派な政府の人間だぞ」

壁際に用意された椅子に座りながら、逸見と磯山の二人がヒソヒソ話す。続々と閣僚達が集まってくる。最後に総理大臣である木下《きのした》が席に座ると、理想党副総裁の有海が会議の趣旨を説明し始める。簡単な説明が終わると各自に資料が配られた。

「まずはそれを読んでくれ」

有海はそう言うと、席にどっかりと座って目を瞑る。

逸見は資料を読んでいる面々を見る。錚々《そうそう》たるメンバーだ。現総理大臣に官房長官、防衛大臣、外務大臣、総務大臣、文部科学大臣、法務大臣、厚生労働大臣、経済産業大臣、農林水産大臣などが集まっている。だが資料を読む大臣達の顔を見ると、半笑いや苦笑をしながら読む者が多い。それはそうだろうなと逸見は思う。内容が空想の世界そのものなのだ。

「これは本当の事なのかね、有海さん」

官房長官が有海に半笑いで尋ねる。

「ああ、疑問に思うのももっともだ。私も百%信じているわけではない。だが、これからその証明をしたい。磯山くん」

　出席している全員を見渡して有海が磯山を呼んだ。

「はい」

「磯山くん、例の警察官は連れてきたかね」

「はい、連れてきています」

　磯山は隣に座る逸見を見る。

「彼がそうか。逸見くんと言ったか？　こちらのテーブルまで来たまえ」

　逸見は立ち上がり、テーブルの前まで進む。

「逸見くん、君は彼らの宇宙船にまで行き、そして資料を受け取って戻ってきたと聞いている。間違いないか？」

「はい、間違いありません」

「そうか、その時にもう一つ彼らから預かってきた物があったね」

「はい、連絡を取る手段を渡されました」

「そうだな、それがそのテーブルに置かれた青い石で間違いないかね？」

「はい、間違いありません」

　逸見はテーブルの上に置かれた青い石を見て答える。

「では逸見くん、彼らに教わったとおりに今ここで彼らと連絡を取ってみてくれんか？」

　逸見は頷いてテーブルの上から青い石を手に取り、握ると石がぼんやりと光り出す。

「ああ、今政府の人達と会議している」

と逸見が喋《しゃべ》り出した。大臣達は怪訝《けげん》な表情で見つめる。

「ああ、分かった」

逸見は足元に青い石を置き、数歩後ろに下がる。

「今から彼が来ます」

「今からここへ？」

有海が問いかけると、青い石を置いた場所が光り始めて一瞬大きく輝く。

そして、そこには一人の少年が立っていた。

「初めまして。私の名前はコウです。生前に地球で生活していた時の名前は有元航平です」

とその少年が笑顔で挨拶する。少しの間沈黙が続いたが、副総裁である有海がいち早く正気を取り戻す。

「君が違う世界から来たという有元君か」

「はい、そうですが、コウと呼んでください」

「では改めてコウ君、君は他の世界から来たという事は間違いないかね？」

「間違いありません」

「君はそれを証明出来るかね？」

「そうですね。私のいる世界はいわゆる剣と魔法の世界です。ですからこんな事が出来ます」

少年の周囲に炎や水の玉、土の玉、可視化出来るほどに濃密な風の玉がグルグルと回る。それを見た者達は息を呑《の》み、ＳＰが総理大臣の横に駆け寄った。

「大丈夫だ」

総理大臣の木下はＳＰにそう言って、少年の方へ向く。

「コウ君と言ったか？　では詳しい話を聞こうではないか」


東京某所、居酒屋個室。

「「乾杯」」

逸見と磯山はジョッキを合わせると生ビールをゴクゴクと飲む。

プハァーと息を吐くと、逸見が笑顔で磯山に話し掛ける。

「上手《うま》くいったな」

「ああ、でもかなり驚いた」

「まぁな、あれは俺も予想していなかったな」

「そうだな、コウ少年が現れたまでは堪《こら》えられたがな、その後だ、その後！　今度はハーフドワーフの女の子にエルフの女性にウサギ獣人、そしてそれを護衛する屈強な狼獣人」

「俺も見たのは二度目だったが驚いたな」

そう言いながら逸見は枝豆を食べる。磯山は揚げ出汁《だし》豆腐に箸をつけながら話を続ける。

「そのハーフドワーフの女の子が説明し出すと、何もない空中にモニターがいくつも浮かんだだろ、あれにも驚いたな。話の展開に合わせてウサギ獣人の女の子が資料を全員に配っていたが、俺は思わずピコピコ動く耳に釘付《くぎづ》けだったな」

と磯山は思い出して笑う。

「次は自衛隊か？」

「ああ、現在の予定では航空自衛隊の入間《いるま》基地で次の検証を行う予定だな」

「なあ、俺はもう行かなくて良いんだろう？」

「どうだろうな。初めの一回目は呼ばれるんじゃないか？」

「まぁ、あと一回なら良いか」

と逸見は生ビールを飲み干す。


埼玉県、航空自衛隊入間基地。あれから数日が経った。

「司令、本当に来るんですかね？」

司令である女性空将補の小野田《おのだ》に、准曹士先任で准空尉の涌谷《わくや》が声を掛ける。

「そうね、予定ではもうすぐよ」

もう日が暮れて闇が広がる。格納庫の扉は開かれており明かりが灯《とも》る。格納庫の前には陸上自衛隊の高機動車一台とトラックが二台並んでいる。航空自衛隊の隊員も数人立ち並ぶ。今日のために他の航空基地からは二機のＦ－２戦闘機が入間基地に飛来していて、そのパイロットもいる。

突然、目の前に百ｍを超える船体が姿を現した。グレーのその船体には砲塔も確認出来て戦闘艦なのが分かる。船は何の音もなく一ｍほどの高さで浮いている。レーダー反応も目視する事も出来なかった事実に、司令を始めとした航空自衛隊の面々は度肝を抜かれた。

その戦闘艦の後部ハッチが開き、人型の全高八ｍはあるロボットらしき物が二機出てくると、船の中から四角い枠のような物を取り出して船から下ろす。

「あれはロボットですかね。音もせずに浮いていますよ」

数人の航空自衛隊のパイロットはヒソヒソと話す。

「一機貰《もら》えないかな」

「無理だろ」

などと話していると、その人型から声が聞こえる。

『どこに運びますか？』

「格納庫の奥に設置してください」

その声に反応して涌谷が返すと、二機のロボットは少し浮きながらゲートを格納庫の奥へと運んでいく。設置が終わるとロボットは格納庫の外に出て着陸し、駐機姿勢を取って前部ハッチを開く。その中から少年が降りてきて格納庫に入っていくと、ゲートを弄《いじ》り始めた。すると、ゲートからブーンと音がしてゲートの中が黒く渦巻く。

「準備が出来ました。この中に入るとあちら側に担当者がいます。その指示に従ってください」

「了解した」

と自衛官が返事をすると外で待機している陸上自衛隊の車両に手を振る。陸上自衛隊の車両は高機動車を先頭に格納庫に進入してゲートを潜《くぐ》っていく。するとゲートの黒い渦巻きが消える。

「私達は数時間、上空で待機しています」

少年はそう言い残してロボットで船へと戻り、船も姿が消えた。上空に上がったのだろう。

「何かとんでもないですね」

「全くだわ」

二人のパイロット隊員が格納庫内に用意された椅子にそれぞれ腰を掛け、雑談を始める。

「おい、あの先に入れば魔法が使えるようになるって話を聞いたか？」

「ああ、聞いたよ。航空自衛隊も来週には派遣されるらしいな」

「そうなのか？　行ってみたいな」

「それは皆が思っている事だ」

「でもこの事を知らされた隊員は少ないんだろ？　だったらチャンスはあるな」

「多分だが派遣するつもりだろ。今回Ｆ－２を飛ばしてまで来させられたんだからな」

「じゃあ、さっきのロボにも乗れる可能性があるのか」

「可能性はあるな」

隊員はニヤリとして、もう一人の隊員も笑う。


東京、某所。

「逸見、こっちだ」

と磯山が手を振っている。既に予約が取れているらしく、店の個室に案内される。

席に座ると適当にオーダーする。まずは生ビールで乾杯するとキムチやナムルが運ばれてきてカルビ、ハラミといった肉をのせた大きな皿がテーブルに置かれる。テーブル中央の熱々の網に肉をのせるとジュウと音がする。

「おい、磯山。お前、目の下に隈《くま》が出来ているぞ」

「やっとだ。やっと来週に人員が追加されるんだ。今までは俺ともう一人で今回の件を捌《さば》いていたんだがもう限界だ」

磯山がビールを流し込みながら、レアに焼かれたカルビをタレにつけて食べる。

「順調なのか？」

「ああ、順調は順調だな。来週には兵器関連企業を中心としてあちらに行く予定だ」

「技術格差が大きいらしいな」

俺は焼いたハラミをタレにつけて口に放り込み、ビールを飲む。

「そうなんだよ。それには政府首脳陣も頭を抱えてな、それで来週の企業派遣に踏み切ったんだ」

「早すぎないか？」

「そうも言ってられない状況なんだ」

「どうしたんだ？」

「これも来週なんだが、陸上自衛隊がコウ君に相談したらしいんだ。それでコウ君も乗り気になって陸上自衛隊用の例の人型の兵器を作ることになったんだそうだ。整備担当の自衛隊員が彼らのもとに派遣されて整備方法を習っているんだが、その技術体系の違いが凄《すさ》まじいそうなんだよ」

「ああ、そうだろうな。どう見ても謎技術だものな」

俺はキムチを箸で摘《つま》んでビールを流し込む。

「でもな、来週にはその機体が陸自に納入されるんだ。まぁ、初めは向こうの人間が対応するらしいがな。それでそれに合わせて企業を送り込もうというわけだ」

「他の自衛隊は？」

「空自も頼んでいるらしいが詳しい事はまだ聞いていないな」

「もうすぐ彼らが現れてから三ヶ月か、他の国への対応はどうなっているんだ？」

「一応、半年後に情報を出すようだが他国は信じないだろうな」

「たしかにな」

俺達は追加の生ビールを頼む。


惑星アイア、日本仮拠点の島。

陸上自衛隊の面々は嬉しそうに目の前に並ぶ機体を見つめる。その機体は濃い緑で塗装されていて体高は八ｍほどある。それが駐機姿勢で片膝をついてコックピットのハッチを開けている。その機体が六機。その一機の周りを自衛隊の整備担当が囲んでドワーフから説明を聞いていた。その説明が終わったのか、機体への搭乗の指示が出る。

この機体は三人一組で操作する。乗員は車長、砲手、操縦士の三人。車長が指揮をとり、砲手が各種兵装を操作、操縦士が機体を制御する。コウが「陸上自衛隊の戦車といえばヒトマルだよね」

と呟きながらノリノリで作ったこの機体は戦車をベースに考えられたため、このような濃い緑色になっている。ずんぐりとした機体は防御力が高く、兵装は左手に大きな盾を持ち、右手には今回は魔導サブマシンガンを持つ。背面にはバックパックを背負っており、右肩背面から伸びる砲塔は魔導弾砲塔で可動域はわずかだが砲手の操作により可動する。頭部は存在していない。そのせいか両肩のショルダー装甲がいかつく見える。前部から背部まで装甲を跳ね上げるように開口して最前部に操縦士、背後に砲手、そのさらに奥に車長の席がある。

　自衛隊員らは乗り込むと稼働準備を始める。彼らはこの一ヶ月間の間にシミュレーター訓練を受けており、外壁外で魔獣を狩り、魔力の含んだ食料を口にする事によって魔力を備える事に成功した面々である。既に魔力感応操作も習熟していて今回が初めての機体操作となるが、各員に焦りは無い。次々とハッチが閉められて機体が立ち上がっていく。背部右肩に伸びる砲塔も前に倒れて戦闘準備が整ったのが確認出来る。

　魔導リンクにより各機に周辺情報が共有される。アーマー部隊が中型魔獣を追い込んでくるのがモニターで確認出来る。車長はそれらを確認すると操縦士に指示を出して作戦どおりに展開していく。車長はモニターに映る魔獣を確認すると砲手に射程に入った魔獣を指定して砲撃を開始する。

　ズドン！

　という音と共に魔法で加工された砲弾が撃ち出される。すると着弾と同時にモニターから魔獣のマークが消える。車長は笑みを浮かべると他機と連携をしながら魔獣を仕留めていく。最後の魔獣を仕留めると車長は安堵の溜め息を漏らす。

「状況終了。これより帰投する」

車長は操縦士に指示を出す。操縦士も慣れてきたのか軽快に移動していく。

それをモニターで確認していたのは各企業から派遣された社員達だった。社員達は興奮していた。目の前で展開される事に目を引かれてモニターから目が離せない。これは現実なのか？　と何人かは頬をつねっている。社員は総勢百名。兵器関連の企業十社が集まり、全員目を輝かせている。


惑星アイア、日本仮拠点の島。

島の開発が進む。現在の拠点を中心にして四十七都道府県分の拠点を構える。自衛隊員の人数も千人を超えた。各企業の社員や研究者も増えて五百人以上滞在している。各企業があちこちにラボや格納庫を建てて魔導工学を学んでいる。魔法の研究も自衛隊を中心にして研究されており、この拠点には活気が漲《みなぎ》っている。今日からは一部大学の研究室も合流する予定になっている。そんな拠点で一人愚痴を言う刑事がいた。

「おいおい、俺はただの刑事だぞ。こんな所に来る必要ないだろうが」

と俺は隣に佇《たたず》む磯山に不満をこぼす。

「まあ、そう言うなって」

そう磯山は宥《なだ》めるが、磯山自身も忙しいのにと内心思っている。すると目の前にあるゲートが活性化して黒く渦巻くと大型のＳＵＶが出てきた。そのＳＵＶが俺達の前に止まると後部ドアが開き、有海が降りてくる。「よう」と言いながら有海は手を軽く上げて近づいてきた。

「今回の視察の目的は？」

「大学のお偉い先生方の同行だよ」

　と有海は顔をしかめて答える。

「私達は何をすれば？」

「お前らは俺の相手だな。お偉い先生方のお守りはコウ君達にお任せで、俺らは他の所の見学だ。お前らも興味があるだろ？」

　と有海はニヤリと笑う。

　三人はＳＵＶに乗り込み自衛隊の格納庫に入っていった。

　中にはグレーに塗装された人型の機体が三機駐機姿勢で並んでいた。そのうち二機のコックピットには空自のパイロットと見られる自衛隊員が乗って何かを操作している。自衛隊員がそれぞれの機体の前に立つとハンドサインでパイロットに指示を出し始める。そのハンドサインに従ってコックピットハッチを開けたまま機体が立ち上がると、次々とハンドサインが出てパイロットはその指示に従って機体の各部を動かす。一通りのチェックが終わったのか、ハンドサインを出していた自衛隊員が下がると機体は歩き出して格納庫を出ていく。それに続いて俺達も格納庫を出た。

　機体は格納庫から離れた場所でコックピットハッチを閉めると、背部バックパックに取り付けられたブースターノズルを動かしてチェックする。それが済むと管制塔から了解が取れたのか機体の膝を曲げてしゃがむとジャンプする。五ｍほどふわりと浮くと背面のブースターノズルから青い炎が噴き出して、
　ドンッ！

という音と共に斜め四十五度の角度で打ち上がる。その瞬間に機体前面に張られているのだろう結界が青く光り、結界に大気の圧が掛かったのが分かる。

二つの機体はロケットのように上昇していく。上昇している機体が魔法陣を輝かすと機体を方向転換させる。有海の横には自衛隊員がいて機体の説明をしている。空を飛ぶ二つの機体は有り得ない空中機動をしている。それを磯山と口を開けて見ていると、説明係の自衛官が声を掛けてくる。

「あの空中機動を可能にしているのが、コックピットに装備されている重力制御機構です。あんな空中機動をしてもパイロットには大きなGは掛かりません。それに、あの機体の各所には重量を軽減する魔法陣が多数組み込まれており、それもあの空中機動に寄与しています」

自衛官は目を細めて飛んでいる機体を見つめる。

「あんな事が出来る機体ですが、実際のところ彼らの専用機に比べればおもちゃのような物です。ハハハハ」

「彼ら」とはコウ君達の事だろう。彼らの専用機はどんな機体性能なのか想像出来ない。

二つの機体が速度を落として降下してくると機体前部の腰周辺に魔法陣が輝き、そこから斜め下方にスラスターの噴射が始まる。背部下側のスラスター二基と前部の魔法陣によるスラスターに噴射で機体を制御して降下。地面に機体の脚を付け、一、二歩前に進むと停止する。ほぼ垂直に着陸出来るようだ。コックピットハッチは開けて格納庫へと入っていく。所定の場所で駐機姿勢を取ると機体の動力が落ちてパイロットが降りてくる。

有海はその二人のパイロットと話すと、こちらに歩いてくる。

「次、行くぞ」

とＳＵＶに乗り込んでいく。俺達も慌てて乗ると走り出した。

次の場所は先ほどの格納庫近くの別の格納庫だ。中に入ると目の前には見た事が無い輸送機と見られる飛行機が組み立てられている。その機体の周りにはヘルメットを被《かぶ》った各企業の社員達がいる。基本はポッドが作業しているが、社員達はタブレットを見ながら作業を見ている。

こちらに気が付いた責任者と思われる男が近づいてくる。

「有海さん！　よくいらっしゃいました」

男は有海と握手を交わす。その男の名前は秋川《あきかわ》修平《しゅうへい》で重工業大手に勤める男だ。兵器関連の責任者で有海とは面識があるらしく何やら親しげに話をしている。

「まぁ、ビックリですよ」

と秋川は説明を始める。

東京、渋谷。

「おい、コウ。この格好何か落ち着かねえ」

タキノはナブがコーディネートした服に目をやって俺に文句を言ってくる。だが鍛え抜かれた身体で長身のタキノは目立つ。道行く人達はタキノとクールな装いのサイを見ては溜め息をつく。その後ろを美女エルフであるヘルミナと美少女風のハーフドワーフのルカが歩く。最後尾に俺が歩いているんだが、誰も俺を気に留《と》めない。前を歩く四人が異様に目立つのだ。

道行く人達は四人を見て何かの撮影かとカメラを探すが、そんなカメラは無い。

俺達は政府が予約したレストランに入ると個室に案内される。そこには既に総理大臣である木下と理想党副総裁である有海がテーブル席についていた。俺は軽く会釈して席に座り、他の仲間達も座ると食事会が始まった。

もちろん、この時個室には総理と副総裁の他にＳＰが四人いたのだけれど、その四人の挙動が怪しいというかプルプルと怯《おび》えるように震えている。後で分かった事だが、この時の四人はタキノの殺気というか覇気とかそういうものにあてられて、勇気を振り絞りながら警護をしていたのだとか……お疲れ様です。なんというか殺伐とした世界で暮らした身としては平和なこの国では有り得ないプレッシャーだったのだろうと思う。というかタキノ……気持ちがダダ漏れすぎだ。

そんな食事会も、いつものタキノとルカのフライパンの攻防を挟みつつ無事に終了した。


ここは東京は郊外、多摩地区。

俺は一人で住宅街を歩いている。懐かしい風景を確認しながら歩いていくと、一軒の戸建てが見えてくる。築十年以上は経っているだろうか。あの日の事を思い出す。あの夜、ここに帰ってくる予定だった。駅のホーム、あそこで俺の人生は変わった。偶然なのか必然なのか、俺はこの地球上からいなくなった。政府の調査機関の話によると、ここにはまだ両親と妹が住んでいるそうだ。その家を一目見て歩き出す。あのままの人生もそれはそれで良かったのかもしれないが、今の人生は格別だ。

　空を見上げる。

青い空を雲が流れていく。視線を落とすと前から歩いてくる人影が見えたが構わず歩いていく。

その女性は足を止め、こちらを見て首を傾《かし》げる。

ああ、母さん。

久しぶりだね……と挨拶が出来ないもどかしさを感じながら歩き去る。振り返ると母さんも振り返っている。何かを感じてくれたのだろうか？　気にはなるが声を掛けるわけにはいかない。堪《こら》えて歩き続ける。何だか自然と涙が流れる。

ああ、話がしたい！　声が聞きたい！　大切な大切な家族の声が聞きたい！

父さん！　母さん！　元気ですか？

俺はまだ生きています。

生きています。

…………

……

また、今度必ず会いに来ます。

必ずです。

惑星アイア、日本仮拠点の島。

俺はまたこの拠点を訪れている。

「逸見さん」

手を振って出迎えてくれるのは馴染《なじ》みの自衛隊員だ。今回はなぜか単独でここを訪れている。ゲートがある格納庫を出ると、上空をグレーの空自の人型機体が飛んでいく。その左腕には盾を装備し、右手にはライフルらしき銃器を装備している。

カッコイイ。

アニメや漫画から飛び出してきたような光景だ。ＣＧではない、実物が目の前を飛んでいく。日本のオタクはこの光景を見たら歓喜するだろうなと考えたら、いつの間にか笑っていたらしい。

「分かりますよ、逸見さん」

と出迎えてくれた自衛官も同意してくれる。

まぁ、カッコイイもんね。

建物に入ると警察の上層部の方達が勢揃《せいぞろ》いしている。なんだか場違いだなと思いつつも指定された席に座る。今日は警察組織としての視察と今後この場所での活動指針を定めるために集まっている。大の大人が集まって全員が目を輝かせている。この警察の上層部の方々は数時間前に陸上自衛隊の人型兵器の実演を見学したらしい。警察も防衛用に欲しいと協議しているそうだ。

俺も機会があれば乗りたいよ。

ロマンだよね。ロマン。

不謹慎だって？

良いんだよ。


俺達が地球に来てから半年が経った。

日本政府は各国へ極秘裏に「一年半から二年半後、宇宙から地球を滅ぼす生命体が数百万という数で飛来する」という連絡を入れたが、どこの国も信じる事はせずに終わった。

しかし、台湾だけが興味を示して日本へ調査員を送ってきた。台湾の調査員は宇宙害獣が惑星を破壊する動画や日本が進める惑星への移住計画を聞き、台湾に戻ると正式に協力関係を結び、軍を惑星アイアへと送る事となった。

惑星アイアでは日本の仮拠点の島近くにある別島を台湾へ用意する事になり、現在急ピッチで造成作業が行われている。


惑星アイア、飛行場。

この飛行場では今日、試作機の試験飛行が行われようとしている。この機体は秋川を中心にナブが協力して設計と開発をした物である。トラスブレース翼。これがこの魔導ジェット試作輸送機に使われた翼の形状だ。この形状により燃費が向上する。この形状の翼は地球でもごく最近実用化されようとしている形状である。それをナブは秋川達から仕様を聞いて十分で設計図面を作成した。もちろん、あらゆる計算を行った上でだ。秋川達は非常に驚いたが、魔導ジェットエンジンを製作する際も驚く事となる。

　エンジンの素材はアルミのみ。ナブの言い分では軽いから……と説明したが、秋川達はこれでは熱に耐えられないと返した。

《耐熱の結界をエンジン内部や熱がかかる部分に張りますから、大丈夫です》

　ナブの説得に秋川達も半信半疑であったが、数日後に完成した小型模型による燃焼試験が問題なかった事で正式なエンジンを作製する事となった。もちろん、エンジン内部も問題になった各種タービンは結界で覆うのだろう。だがどうだろうか、燃焼機関がどこにも無い。魔法陣が二つあるだけだ。

　秋川達はナブに問いかけるも《火魔法と風魔法を使い燃焼をコントロールします》で終わりだった。それも小型試験エンジンに二つの魔法陣で事足りると実証した。

　他の部分でも秋川達は置いていかれた。機体制御やエンジン出力制御に使われる電気部品が一つも無いのである。いくつかの制御魔法陣と魔導コアと呼ばれる演算装置のみで機能し、データさえも魔法によって指定された場所に表示される有様であった。

　これを見た秋川達は既存の技術を捨てる覚悟でナブに教えを乞う事にした。まずは魔力を取得して魔法を覚え、課題をこなしていきながら魔導工学を学ぶ。そのため、試作機の完成が大幅に遅れた。

　そして今日、試作機が飛行する。覚えたばかりの魔導工学を駆使して製造した機体だ。この試作機製造に携わった全ての人間がこの初飛行を見守っている。目の前で格納庫から機体が引き出されてくる。既に自衛隊のパイロットが乗り込んで管制官とやりとりを行っている。魔導エンジンが始動する。少し知っているジェットエンジンよりも音が高いくらいか？　ゆっくり動き出して滑走路へと移動していく。所定の位置につき、エンジンの音が上がる。機体が加速すると胴体下部で魔法陣が輝いてスラスターの噴射が見える。これによりこの機体は短距離離陸が行える。フワッと浮いた機体は上昇していく。

　成功だ。

　ワッと周りから歓声が上がる。そんな試作機が上空を旋回して飛行していく。

「日本の空を飛ばしてやりたかったな」

　そんな機体を見つめながら秋川はそう呟いた。

　この機体は日本の空を飛ぶ事はない。この惑星アイアの空だけを飛ぶ事となる。

　惑星アイア、コウ達の拠点の島。

「上手くいっているようですね」

　今回はナブのデータにあった商業ギルドの謎システムを構築して、新たに拠点の島へ設置した商業ギルドが稼働している様子を確認しにきたのである。商業ギルドで自身の商業ギルドカードを確認すると莫大《ばくだい》な金額がある事が分かる。

「コウ、これで島にいる全員に商業ギルドカードの作成を義務づけるのかしら？」

「そうですね、日本の島でも同じシステムを使う予定でして、一部では試験運用が始まっています」

「そうなんだね」

とルカは賑《にぎ》わう街並みを見る。

既に母船にいた数千人の人々もこの島に移って暮らしている。順調のようだ。

俺達は商業ギルドを出て、停《と》めてあった魔導車に乗り込んで走り出す。

「この車も普及し始めたわね」

とルカは開けた窓の外の景色を見ながら言う。

「ええ、やっとです」

ハンドルを握りながら前方の荷馬車にクラクションを鳴らして追い抜いていく。柵に囲まれた門に着き、監視している兵士に手を上げるとすんなり通された。駐車場に魔導車を置き飛行場内へと歩いていく。格納庫にある飛空艇に乗り込むと飛空艇を発進させて上空に飛び立つ。

「何か本当に目まぐるしいわね」

「上手くいっていると祈りたいですね」

そのまま飛空艇の速度を上げる。


俺達が地球に行ってから一年半が経った頃、ナブからの報告で宇宙害獣の群れが残り約一年の距離にまで近づいてきている事が確定した。既に斥候と見られる低級害獣が先行して近づいてきており、早ければ一ヶ月後には地球へ到達してしまう。

日本政府は国民に対して宇宙害獣の接近や地球の現在の戦力では害獣の群れを殲滅出来ない事、それに対応するためには他の惑星に移住をしなければいけない事、そして既に移住先の惑星を確保しており、その惑星への移動方法も獲得している事を発表すると決めた。

日本政府、緊急記者会見場。

総理を先頭に関係閣僚が会場に姿を現すと一斉にフラッシュが焚《た》かれる。官房長官の司会で会見が始まり、総理が演壇に立つ。

「これより。日本存亡に関わる重大事案を公表します」

この一言で会場はピタリと静まり返る。

「まずは一年半前、宇宙に存在するエネルギーや資源を喰《く》らい、破壊し尽くす宇宙害獣という存在が地球に向かっているとの情報を得ました」

会場のモニターに宇宙害獣の姿が映し出される。

「これが宇宙害獣です。これからお見せする映像は、その宇宙害獣がとある惑星を破壊し尽くす映像です」

モニターの画像が切り替わり、数百万の害獣が次々と惑星に突っ込んでいく様子が映し出される。惑星は徐々に破壊されていき、最後には粉々になる様子が早送りで流れると会場は騒然とする。

「これらの映像はとある地球外の人達によって齎《もたら》されました。その事については、後ほどお伝えします。この宇宙害獣には地球上の兵器がほとんど効きません。そして、地球に向かっている害獣の数は五百万を超えます。さらに映像にありました害獣よりも強力な害獣が多数存在している事も確認出来ました。この事により、日本政府としましては地球外の人々の力を借り、他の惑星へと移住する事を決定し、既に一部の人々はその惑星での移住の準備を進めています」

移住先の惑星の位置情報がモニターに映ると、会場はその距離を見て騒がしくなる。

「静粛に」

と官房長官の声がすると会場が静まった。

「もちろん、移住のための移動方法も確立され、実動しています」

惑星アイアの様子と拠点の整備が進む映像が流される。記者会見場に集まった人々は食い入るようにモニターを見つめる。

「そして、この惑星は剣と魔法の世界です」

一気に会場が沸き立つ。

「さらに、この星に暮らす先住民には、空想物に出てくるような種族の方々がいます。例を挙げるならエルフ、ドワーフに各種獣人族です」

各種族の映像がモニターに映し出される。ザワザワと会場が騒《ざわ》めく。

「その世界では魔導工学という魔法と科学が融合した技術があり、それを今回我々に提供していただき、移住が可能となりました」

また映像が切り替わり、空を飛ぶ人型の魔導機械が映し出される。

「もちろん、魔獣という危険な魔力由来の生物もいますが、移住先には弱い魔獣しか存在しませんし、討伐も自衛隊が行っていますので安全です。移住した際はほとんど日本と変わらない生活が送れます。仕事の方も現在の仕事に沿うようにサポートします。一週間後にはこの移住計画が推進されます」

総理は一息つく。

「そして、この危機を知らせてくれた存在は現在、日本上空に宇宙船で滞在しています。明日以降に時間を設け、彼らも参加のうえ次の会見を開きたいと思います。以上で会見を終了し、質疑応答に移りたいと思います」

と言ったところで会場内の熱気が上がっていった。

東京、居酒屋個室。

「これで一息つけるか？」

と逸見が磯山に言うと、磯山は苦い顔をする。

「逆だな。もう電話が鳴り止《や》まないよ。逸見達も来週にはあっちに移動だろ？」

「ああ、移住が始まる前に治安活動が出来るように準備を始める」

「異例の抜擢《ばってき》らしいじゃないか」

「まあな、あっちの人間と顔が知れているからな」

逸見は生ビールを飲み、肉じゃがの入った小鉢を箸で突《つつ》く。

「でも警察も思い切ったな。小型だが警察用の人型の魔導機が導入されたんだろう？」

「ああ、小さいが暴動鎮圧程度なら過剰戦力だな。まあ、魔獣に対処する事を考えたら妥当だがな」

逸見は生ビールを追加注文すると枝豆を食べる。

「俺らは多分最後に移動になるな」

「そうなのか？」

「ああ、移住計画にも関わってしまったからな」

「それはご愁傷様だな」

「来週には各都道府県に資料配布が始まるよ。まずは職員の教育からだな」

「大変そうだな」

追加された生ビールをゴクゴクと飲む。

「お前らも移住が始まれば忙しくなるぞ」

「まあ、ぼちぼちやるよ」

次第に夜が更けていく。


埼玉、入間基地。

入間基地は人でごった返していた。今日は十一月初めの祝日で、ここ入間基地では入間航空祭が開催されている。特に今回の航空祭には例年以上の人が訪れている。その原因は数日前にまで遡る。

総理による他の惑星への移住計画が発表され、その三日後にルカ、ヘルミナと獣人数人が記者会見を行った。彼女達の背後には屈強な狼獣人、犬獣人、猫獣人の兵士が睨みを利かせていた。サービス精神旺盛なルカははっちゃけて会見を行った事で話題を攫《さら》い、一部で熱狂的なファンを獲得した。

「エルフキタ――――！」

「美少女キタ――――！」

そこに、政府から入間航空祭で日本の大型魔獣用人型兵器が展示されると写真付きでアナウンスされた。そのための混雑だ。

人型兵器である四機のＨＦ－３（ヒューマノイド・ファイター）が起立して並べられている。その胸には白い塗料で００１、００２、００３、００４とある。左手には盾を持ち、腰にはライフルが固定されている。その四機の前に人が集まっていて身動き出来ない状態だ。

航空祭が始まりプログラムが進むと、午前中最後の展示となった。四機の人型兵器の前にはパイロット達が並んでいる。それぞれの機体の前に移動すると機体が自動で駐機姿勢を取り、コックピットハッチが開く。観衆から「おお～」と声が上がる。パイロット達は機体外装を確認するとコックピットに乗り込んでいく。コックピット内部を確認すると機体が動き出して立ち上がる。まだコックピットハッチは開いたままだ。各機の前に自衛隊員が配置に着くと、その自衛隊員がハンドサインを送る。それに合わせて機体が動き、コックピットハッチが閉まっていく。

機体が滑走路の方へと歩き始める。一機、二機と縦に並ぶ。管制塔から飛行の許可が下りたようで会場にアナウンスが流れる。

００１の機体が素早くしゃがむとジャンプする。そして背部スラスターが点火して、ドンッ！

と機体を上昇させる。

続いて００２、００３、００４の機体が上昇する。各機はダイヤモンド編隊を組むと会場上空を通過する。通過した先で二機編隊となって左右に分かれていく。

その後繰り広げられたのは通常ではあり得ない機動だった。一部の観客はパイロットを心配するが、アナウンスで重力制御機構が紹介されると会場はさらに盛り上がる。

こうして航空祭は終了した。

その頃、日本政府が宇宙害獣の発表と他の惑星への移住計画を発表した事により、世界は騒然となるが、各国政府は現段階で地球の危機は確認されていないと封じ込めた。

しかし、そこで台湾が記者会見を行い、一年前に日本から情報を得てこの移住計画に参加している事を発表した。もちろん、各国政府が一年前に日本政府から情報を得ていた事もバラされた。これにより各国は暴動寸前まで発展するが、なんとか鎮圧。そこに悲劇が訪れる。

宇宙害獣の斥候の襲来だ。

三体の低級害獣は大気圏を突破するとアメリカ・ロサンゼルス付近に直撃する。墜落周辺に大きな被害を齎すと穿《うが》った穴から這《は》い出してきて都市を喰い始める。それを食い止めようと警察が出動するが警察の持つ火器では傷一つ付ける事が出来なかったため軍が出動。まずは空軍により攻撃が開始されるが害獣は無傷。陸軍も戦車で対抗するが傷一つ付ける事が出来ない。

米軍は総力を結集して害獣の退治に成功するも、その被害は甚大であった。約四百万人いた人口の四分の三の死者行方《ゆくえ》不明者を出し、害獣の撃退は出来たが使用した兵器の数が尋常ではなく、五百万以上の害獣に対抗する事は不可能に思えた。米軍は各国に駐留している駐留軍を本国防衛のために呼び戻し始めた。

日本は害獣が大気圏に突入した時点でＨＦ－３が迎撃にあたり、その侵入を防いでいた。同盟国であるアメリカとイギリスは水面化で日本と交渉。これにより日本、台湾の移住が完了次第、移住に協力する事となった。これに続いたのがイタリア、インド、アフリカの一部で、アメリカとイギリスが移住を完了させた後に移住の協力をする事になる。

日本では移住が始まった。最初の地域は北海道と沖縄、それから徐々にゲートを増やし三ヶ月後には日本の人口の三分の一を惑星アイアへと送り出した。

一方、少し遅れて始まった台湾の移住はかなりスムーズに行われて、この時点で八十％の移住が完了していた。それから半月ほどで全ての移住が終わると、そのゲートはアメリカとイギリスに送られて緊急で移住が進められたが、アメリカは国土が広く害獣の被害も広がっていた事から移住はなかなか進まなかった。

イギリスの方は順調に移住が進み、用意された島への移住が二ヶ月で完了した。イギリスにあったゲートはイタリアに運ばれて移住が進められた。

日本も移住が終わり、日本にあったゲートの半分はさらにアメリカに送られ、残りはインド、アフリカに設置されて移住が進められた。

そして時は進み、その時が訪れた。

害獣の大群の到達である。

第十章　宇宙害獣の襲来

地球。

俺達が乗る母船さくらは、害獣の群れが地球へと突入してからもギリギリまで地球軌道上で粘っていた。だがそれももう限界に達しようとしていた。何体かの害獣が設置されているゲート付近にまで押し寄せてきていたのだ。俺は下唇をギュッと噛《か》み締《し》めながらモニターを見る。少し血が流れ始める。少しの間、コントロールルーム内を沈黙が支配する。

「ナブ、地上のゲートを回収してくれ」

《はい、マスター》

ルカもサイもタキノもヘルミナも、誰も声を発さない。ただただ、地球が害獣に蹂躙《じゅうりん》されるのを見ているだけだ。

「次はねえぞ」

とタキノが呟《つぶや》きながら拳を握りしめる。

《マスター、全てのゲートの回収が終わりました》

「そうか」

苦しげにそう答えてモニターに映る地球を見る。

「ナブ、惑星アイアへと向かってくれ」

《はい、マスター》

母船は地球を離れていく。

惑星アイア。

なんとか命からがらゲートを潜《くぐ》り抜けた人々は、ガラリと変わった風景を見て安堵《あんど》の溜《た》め息《いき》をつく。しばらくしてゲートから騒《ざわ》めきが聞こえ始め、喚《わめ》き声《ごえ》へと変わった。

「なぜゲートが使えないんだ！　まだ、まだあちらには家族がいるんだ！　なんとかしてくれ！」

ゲートを守る兵士に男が縋《すが》り付く。他のゲートでも騒ぎが起こるが、地球の様子がモニターに映し出されると騒ぎが静まっていく。それは地球が害獣に飲み込まれていく姿。そして人々は悟る。今、ゲートを閉じなければ害獣がこちらに来てしまうと……。

諦めにも似た空気が漂うと、それを感じ取った関係者が人々の誘導を始める。

人々はそれぞれの島への移住を再開させる。居住環境は土木ポッドなどの活躍もあり比較的早く整った。食料もなんとかやりくりして二年は問題ないとして、すぐに生産体制を整える始める。それぞれ新たな生活が始まったが、モニターには変わりゆく地球の姿が映し出されていた。人々はそれから目を背けながら必死に生活をしていた。

そして二ヶ月が経《た》ったある日、とうとうその日が訪れる。

既にモニターに映る地球の姿は青ではなく赤黒く、黒く厚い雲に覆われ、時折稲妻が走る。地球の表面に蜘蛛《くも》の巣状の赤い亀裂が走ると、亀裂からマグマが噴き出して崩壊していく。最後はあっけなく自壊して細かく分裂しながらその姿を消す。

　モニターを見て泣き叫ぶ者、手を合わせて祈る者と様々で、誰もが地球の最後を惜しんだ。

　母船さくら、コウの自室。

　俺は崩れゆく地球の姿をモニターで見ていた。

「何も出来なかった」

　拳に力が入り自然と涙が溢《あふ》れる。目の前が涙で歪《ゆが》む。すると部屋の中が光り始める。何だ？　と視線を向けると、そこに一人の老人が佇《たたず》んでいた。かなりの力を持っている老人なのが分かる。その老人が微笑《ほほえ》んでこちらに声を掛けてきた。

「ソナタがコウか。地球の民を救い出してくれて感謝する。私は地球を見守る神の眷属《けんぞく》ゼウスである」

「いえ、私は救えませんでした」

　拳を力一杯握りしめると、爪が食い込み血が滲《にじ》む。

「そちはそちの出来る事を精一杯やってくれた。それは間違いない事実だ。ソナタに助けられた者は多い。そう落ち込むでない。我々神の眷属は何も出来なかった。力を失い空間の中に閉じ込められて幾万の時間を過ごした」

俺が顔を上げるとゼウスは笑った。

「神からの命だ。我々地球で活動すべき神の眷属は、神の命により惑星アイアにて人々を見守る事となった。そちとも何かと助け合う場面もあろう、今後ともよろしく頼む」

と言って姿を消した。

ナブからの報告を聞いた俺はコントロールルームへと移動する。コントロールルームの中では三人のオペレーターがルカの指示に従って忙しく作業をしていた。

《マスター、害獣の群れに異変が見られます》

「ナブ、状況を説明してくれ」

《はい、マスター。宇宙害獣の群れが地球を破壊後、突然五つの群れに分かれて各方向へ移動し始めました》

「ナブ、宇宙害獣達は資源やエネルギーを貪り喰《く》ったあと、一定期間休眠して数を増やしたり低級が中級へと進化したりするのではなかったか？」

《はい、データ上ではそうですが、今回は何らかの原因で分裂して移動しているようです。原因は分かっていません》

そこにタキノが入ってきた。

「コウ、状況が変化したと聞いたが」

「宇宙害獣達が五つの群れに分裂して移動を始めました」

「チャンスだな」

タキノは口角を上げた。

「ナブ、各個撃破は可能か？」

《はい、可能です。例の装備も十回分完成しています》

「やりましょうか」

「やろうぜ！　コウ」

タキノが俺の背中をバンッと叩《たた》く。

「やりましょう。最初のターゲットは中級の群れから狙います」

「私は母船でデータ管理をするわ」

「任せました、ルカ」

タキノと共にコントロールルームを出る。格納庫に着くと既にサイとヘルミナがアーマーに乗り込もうとしていた。俺達も自機に乗り込みコックピットハッチを閉める。完全に閉まるとモニターの明かりがつき、格納庫内が映し出される。ルカから送られてきたデータを確認しながら、機体を操作して所定の位置に移動する。

『コウ、射出ゲート一番に移動するわよ』

「了解です。ルカ」

《ディープスペースへと潜航します》

機体が射出ゲートへと移送される。

《予定どおり群れの進行方向にディープアウトしました。前方からこちらに向かってくる害獣の群れを確認。これより作戦を開始します》

ナブの言葉と共に機体が射出される。すぐにスラスターの逆噴射が始まり所定の空間に到達する。

『コウ、アーマードアーマーを射出したわ。受け取って』

ルカから通信が入ると、立体ホログラムに自機とアーマードアーマーの位置が表示される。ほぼ自動でアーマードアーマーに機体が収納される。

『コウ、新兵装射出展開するわよ。準備を始めて』

「了解しました」

ピピピという音がする。新兵装の展開が完了した合図だ。新兵装は直径二ｍ全長十ｍの円柱のような形をしている。それらが機体の前へ輪を描くように配置された。その数二百。

「新兵装起動！」

音声で指示を出すと、新兵装は互いを光で結んでリンク状態となる。

「エネルギー充填《じゅうてん》開始。リンク魔法陣展開」

データを確認しながら作業を進めていく。

「魔法陣融合。増幅展開」

各新兵装の前に直径四ｍの魔法陣が現れ、それらが中央へと引き寄せられると融合し始める。二百もの魔法陣が融合すると、増幅展開して直径五百ｍの魔法陣が形成される。

「エネルギー臨界まで十、九、八……三、二、一、照射」

巨大な魔法陣が発光してフレイム・レイが放たれる。赤白い光が害獣の群れの左端に到達すると害獣達は瞬時にフレイム・レイの熱で溶解していく。そのフレイム・レイが右にゆっくりと振られて次々と害獣を飲み込んでいく。群れの右端でフレイム・レイの照射が終わる。フレイム・レイを照射し終わった新兵装は熱で溶解、リンクも切れて宇宙を漂う。

『低級害獣の殲滅《せんめつ》率九十七％。残敵数、低級三万、中級三。タキノ、サイ、ヘルミナ、頼んだわよ』

ルカの通信が飛ぶ。三機のアーマーが飛び出し、その後にアーマー隊と小型戦闘艦が続く。俺の機体は新兵装使用後のクールタイムで動けない。次々と消えていく低級害獣のマーカーを見ながら再始動の準備をする。

『コウ、そろそろ再始動出来そう？』

「再始動を開始。行けます」

『了解よ。コウは中級害獣の殲滅に向かって』

「了解しました」

アーマードアーマーのスラスターを全開にして飛行する。


「サイ、聞こえるか？」

『なんだ、この忙しい時に』

サイは機体を操作しながらタキノに返す。

「これじゃあ埒《らち》が明かねえ。例のブツを使おうぜ」

タキノは魔導ビームサーベルで低級害獣を斬り伏せつつサイと通信を続ける。

『たしかにな。やってみるか』

「そうこなくっちゃ。ルカ！　俺らのアーマードアーマーを射出してくれ！」

『何よ！　この忙しい時に！　サイも了承したのね？　分かったわ。射出するから受け取って』

「「了解」」

サイとタキノの機体は一時後退する。小型戦闘艦とアーマー各編隊は害獣の群れを半包囲しながら削っていく。残りの低級害獣は二万六千。二人の機体は無事にアーマードアーマーと合流し、自動で機体をアーマードアーマーへと収納させる。

「こっちの準備はＯＫだ」

『こちらのリンク状態も問題ない。いけるぞ、タキノ』

タキノは機体を操作して害獣の群れへと突っ込んでいく。アーマードアーマーから展開された四本の副腕には大型魔導ビームサーベルが装備されおり、ピンク色に輝くビームの粒子を振《ふ》り撒《ま》きつつ害獣を斬り伏せていく。

サイも機体の操縦から解放されて魔法の生成に専念する。立体ホログラムを見ながら害獣をロックオンしていく。機体の上下には四十もの光魔法の触媒が埋め込まれていて、それが魔法陣を出現させて光の矢が展開、射出されていく。次々と消える害獣のマーカーを見ながらサイはさらに魔法を編む。一つの魔法触媒に魔法陣が四つ展開される。合計百六十もの光の矢が魔法陣から射出されて害獣を襲う。

タキノの操る魔導ビームサーベルとサイの魔法攻撃で、二万へと低級害獣の数を減らす事に成功させる。

「ヒャッホー！」

タキノは機体をロールさせながら四本の魔導ビームサーベルを振るい、害獣を殲滅していく。サイも負けじと魔法をばら撒く。殲滅速度が上がった戦線は急速に進んでいく。

コウの操るアーマードアーマーは低級害獣の群れを回避するように中級害獣へと迫る。すれ違いざまに大型魔導ビームサーベルを振るう。ビームの粒子が中級害獣の体表を焦がし切って裂いていく。ビームの粒子が飛び散り光跡を残していく。さらにもう片方の副腕でも魔導ビームサーベルを振るうと的確に中級害獣を斬り裂いていく。その横から三体目の中級害獣が機体を襲おうとするも、ヘルミナからの援護射撃が届く。

三体目の中級害獣にヘルミナのレールガンの砲弾が着弾して穴を穿《うが》つ。その隙を逃さずに反転して魔導ビームサーベルで斬り付けると害獣は内部から爆発した。それを避《よ》けながら機体を操作し、まだ動いている中級害獣へと迫ると、再びヘルミナのレールガンから砲弾が届く。それにより硬直した害獣を見逃さずに斬り裂いて害獣は爆発炎上する。

最後の一体もヘルミナの援護を受けつつ魔導ビームサーベルで討伐する事に成功。同時に低級害獣も殲滅されて第一群との戦闘を終結させ、次の群れへと向かう。

第二、第三、第四の群れも確実に殲滅を成功させる。そして最後の群れへと向かう。

『コウ、味方の展開は完了よ。手筈《てはず》どおりで問題ないわ』

ルカからの通信が届く。機体を操作してフレイム・レイを起動させる。

フレイム・レイにより低級害獣の九十八％を殲滅する事に成功。

残敵数は約二万。中級害獣が五。

サイとタキノはアーマードアーマーで低級害獣の群れへと突っ込んでいく。ヘルミナは予定どおりにゆっくりと低級害獣の群れを回避しながら、中級害獣のいる戦域へと機体を進めてコウの到着を待つ。

フレイム・レイによる機体の冷却時間を終える。

「ルカ、行ってきます」

『了解したわ』

ルカに通信を入れて機体を操作し、中級害獣が待つ戦域へと機体を急がせる。


ルカは変わりゆく戦況をモニターで確認していると異変に気付いた。重力場の変動が検知されたのだ。

「おかしいわね」

モニターを操作してその原因を探る。モニターに映るのは中級害獣五体。それが何かに怯《おび》えるように震えて動けないでいる。

「コウ！　何かおかしいわ！　気をつけて！」

『了解しました。一応データを転送してください』

コウの機体が中級害獣がいる宙域に到達すると変化が訪れる。

中級害獣の群れの中心の空間が歪んで亀裂が入り、ニョロリと触手が這《は》い出《だ》してくる。その何かが五体の中級害獣を摑《つか》み取《と》る。中級害獣は暴れもがくが逃げられない。

そしてその全体が空間から出てくる。銀色の巨体は低級害獣の二十倍ほどの大きさで、四肢から短く太い触手が伸び、甲羅の先端部分に四角い生物がニョキッと生えている。正面から見ると前面には縦に亀裂が入っている。その側面と背面から二十もの触手がニョロニョロと蠢《うごめ》き、五体の中級害獣を捉えている。

「上級害獣か」

銀色の巨体は中級害獣を前面へ引き寄せるとその亀裂が広がり、ビッシリと鋭い歯が生えている口らしき中に中級害獣を放り込むと、美味《うま》そうに咀嚼《そしゃく》して飲み込んだ。中級害獣を平らげると上級害獣は周りを睥睨《へいげい》する。まるで、他の餌を探すように……。


タキノとサイは豹変《ひょうへん》した低級害獣の反応に困惑していた。

「ルカ！　どうなっている！」

タキノは叫ぶ。害獣達は突然逃げ惑うように背を向け始めた。

「ルカ！　どういう事だ！　何が起こっている！」

『上級害獣が現れたのよ！　奴《やつ》が中級害獣達をペロリと食べちゃったの。多分だけど低級達も自分達が餌になる事が分かっていて、必死になって逃げようとしているのかも』

「分かったが、コウとヘルミナは大丈夫なのか？」

『正直、ギリギリね』

　声のトーンが下がったルカの声が届く。

「俺らもなんとか低級共を蹴散らして合流する」

　タキノは機体を操作して低級害獣を殲滅していく。


　コウは機体を操作して上級害獣の周りを旋回しながらその巨体に魔法を当てていく。だが傷一つつける事が出来ない。唯一攻撃が通じているのはヘルミナの機体が放つレールガンの砲弾のみだ。だが、それもあっという間に傷が塞がってしまう。

　一旦離れて機体下部に取り付けられたレールガンを撃つが、ヘルミナのレールガンとは違い連射が出来ない。どうすれば良い？

　色々試してみるしかないか。今度は接近戦で挑む。高速で近づいて魔導ビームサーベルの出力を最大にして斬り裂くと、大きな傷が出来て上級害獣が咆哮《ほうこう》を上げる。

「グギャアアアア!!」

そこにヘルミナの機体が放ったレールガンの砲弾が傷を抉《えぐ》る。再び接近してビームサーベルで攻撃をしようとするも、上級害獣は触手を伸ばしてこちらを捕まえようとしてくる。ギリギリで躱《かわ》しながら再度攻撃を当てる。

「ギャアアアアア!!」

上級害獣は再び咆哮を上げる。

効いている。

そう確信して攻撃を仕掛けるが、今度は触手の先からエネルギー弾がばら撒かれて近づけない。なんとかエネルギー弾のオールレンジ攻撃を掻《か》い潜《くぐ》る。避け切れない弾はなんとか結界で凌《しの》ぐ。既に上級害獣につけた傷は治っているが、色が銀色からくすんだグレーになっている。完治はしていないようだ。機体を操作し、触手とエネルギー弾の攻撃を躱していく。

「ここだ!」

アーマードアーマーに装備された魔導遠距離兵装を射出する。

「当たれ!!」

叫びながら機体と魔導遠距離兵装を操作する。魔導遠距離兵装から放たれた魔導ビームの攻撃が進行方向を塞ぐ触手に直撃する。一瞬だが、機体前面に通り道が出来た。

機体を回転させながら連続で上級害獣の巨体を斬り付ける。

「ギャアアアアアア!!」

上級害獣が身を捩《よじ》る。このチャンスにもう一度仕掛けようとするも、魔導遠距離兵装は害獣の触手に破壊されてしまう。光の矢を連射して触手を牽制《けんせい》しつつなんとか近づこうとするも、突然触手の数が増えて攻撃を回避するのに精一杯となる。今はヘルミナの援護射撃もあってなんとか躱していられるがジリ貧だ。再度魔法の矢をばら撒きながらビームサーベルを振るい、触手を排除する。だが排除する側《そば》から新たな触手が生えてくる。

キリが無い。

「くっ！」

何度かエネルギー弾の直撃を喰らい、この機体の損傷も増えてきている。だが近づかなければ害獣に傷を付ける事が出来ない。何度目かの攻撃の時に連続でエネルギー弾を喰らってしまい、バランスを崩す。触手が伸びてきてアーマードアーマーの副腕が絡め取られると、そこを起点に続々と触手が伸びてきて近距離でエネルギー弾を喰らう。

もう片方の副腕を振り魔導ビームサーベルで触手を斬ろうとするも、その副腕も絡め取られる。そして大量にエネルギー弾を発射されて外装を損傷。内部にもエネルギー弾が着弾して爆発が起きる。なんとかアーマードアーマーから機体を切り離して脱出に成功するも、最大戦力であるアーマードアーマーを失う事となった。

『大丈夫!?　コウ！』

ヘルミナから通信が入る。

「なんとか大丈夫といったところですが、上級害獣にダメージを与える手段を失ってしまいました」

上級害獣は邪魔者はいなくなったばかりに移動を開始する。その先には低級害獣がいる。

そこへ、二本の魔導ビームが上級害獣に突き刺さる。二隻の中型戦闘艦が援護にやってきた。

『コウ、中型戦闘艦も使って』

「助かりました！　ルカ」

中型戦闘艦とリンクを繋《つな》げて攻撃を再開する。


「低級害獣の殲滅はどうなっているかしら」

ルカがそう言うと、オペレーターの一人がモニターを操作する。するとモニターに、

〝低級害獣残り四千〟

と表示される。

「もうすぐね」

次にコウ達が上級害獣と戦う様子がモニターに映る。


中型戦闘艦は距離を取り、上級害獣の周りを旋回しながら魔導ビーム砲を撃ち込んでいく。傷はすぐに塞がってしまうが初めの時よりも治りが遅くなり、治った痕もだんだんと黒ずんできていた。着実にダメージを与えている。

俺はヘルミナの機体近くまで移動して様子を窺《うかが》っていた。そこに変化が訪れる。焦《じ》れた上級害獣

が全ての触手の先を中型戦闘艦へと向けるとエネルギー弾を発射させる。しかし、そのエネルギー弾は中型戦闘艦の高出力な結界に阻まれる。

「ギャラギャラガガガ！」

上級害獣は吠《ほ》えるように暴れると、四肢のような太く短い触手を中型戦闘艦へと向けた、触手の先がパカッと開く。そこにエネルギーが収束し始め、今までの触手のエネルギー弾とは比べものにならないほどの高出力のエネルギー砲弾が放たれる。

俺はリンク状態の中型戦闘艦を操作して回避しようとするも、エネルギー弾が結界へと着弾。そして結界を突き破り中型戦闘艦への着弾を許してしまう。中型戦闘艦の後部が損傷。その場からなんとか離脱する。もう一隻の中型戦闘艦は被害を受けないように一旦距離を取る。

『手強《てごわ》いわね』

「そうですね、手段がないわけではないんですが、どうにか時間を稼げれば」

『コウ！　低級害獣の殲滅が終わったわ。サイとタキノの機体がそちらへ急行中よ！』

「了解しました。それまでなんとか時間を稼ぎます。ヘルミナ、援護射撃を頼みます」

『了解よ、コウ』

機体を操作して上級害獣へと突っ込んでいく。魔法触媒を展開して魔法陣を多重展開。魔法をばら撒きながら上級害獣の周りを飛び回る。上級害獣は鬱陶《うっとう》しいとばかりに触手を伸ばしてエネルギー弾を放って迎撃する。それを巧みに躱して魔法を打ち込んでいく。

そこにヘルミナのレールガンの砲弾が着弾。さらに上級害獣はイラつきを増してこちらの機体へと触手を伸ばす。何度目かの攻撃の後、俺はさらに触手を掻い潜り接近する。迫る触手を魔導ビームサーベルの最大出力で斬る。幾本かの触手を斬り裂き、機体のスラスターの光跡が宇宙に煌《きら》めく。

「キュアアアアアアア！」

上級害獣は苦しみながらこちらの機体を触手で追いかける。その上級害獣の視界外から……、

『待たせたなコウ』

タキノの声がコックピットに響く。サイとタキノが乗るアーマードアーマーが機体を回転させながら魔導ビームサーベルで連続で斬り付ける。さらにサイの魔法が邪魔な触手へと振り注ぎ、タキノの攻撃をサポートする。

再度大きな傷を負った上級害獣は身を捩る。

「グギャアアアア！」

そこへ追い討ちをかけるようにヘルミナのレールガンの砲弾が着弾して傷を広げる。

『手はあるのか、コウ！』

サイからの通信が入る。

「あります！　時間を稼げますか？」

『任せろ！』

『ああ、いくぜ！』

俺はヘルミナの機体の後ろまで後退して精神を集中させる。これから編む魔法は古代の資料の断片を繋げてやっと完成させた大魔法だ。成功するかも怪しい。それでもやってみせる。魔導遠距離兵装を五基射出する。それらが配置に着くとリンク状態を維持しつつ魔法陣を編んでいく。五基の魔導遠距離兵装は魔力で繋がり、五芒星《ごぼうせい》を形づくる。

するとその前面に大きな魔法陣が浮かぶ。

その魔法陣の中に複数の歯車の紋様が現れ、ガチャリガチャリと組み合わさってギリギリと回転していく。魔法陣の中が歯車で一杯になると、その手前にも魔法陣が現れて同じように歯車が形成されていく。それも歯車の紋様で一杯になると、さらに手前へ魔法陣が形成されて歯車がガチャガチャと形づくられて回転していく。その歯車の紋様も一杯になると、三つの魔法陣が互い違いに回転し出す。ガチャガチャギリギリと回転していくとさらに巨大な魔法陣が前面に生まれる。

その魔法陣は巨大で赤黒く禍々《まがまが》しい光を放った。

魔法陣がドクンドクンと波打つと、その前面に巨大な両開きの扉が現れてバタンッと扉が開かれる。そしてガチャガチャガチャと扉の中から鎖でがんじがらめにされた、これまた両開きの扉が現れる。

「究極禁忌魔法、断罪の女神！」

と言葉を紡ぐ。


サイは魔法を編みながらもコウがいると思われる方向へ目を向ける。そこには息を呑《の》むような光景が広がっていた。莫大《ばくだい》な魔力が消費されて見た事も聞いた事もない魔法陣が展開されている。

「なんだ、あれは……」

サイは思わず呟く。それほどの光景だ。ゴクッと唾を飲み込むと慌てて魔法陣を構築し直す。

『サイ！　何をしている』

タキノから叱責が飛んでくる。

「すまん！」

一言返して目の前の状況に集中する。

『究極禁忌魔法、断罪の女神！』

コウの言葉をトリガーにして振動していた扉がピタリと静止する。すると何かが内側からこじ開けようと暴れるように扉に巻き付いた鎖がガチャガチャと揺れる。


「ぐうっ！」

急激に魔力が消費されて魔法が暴れ出すが、必死に制御して抑え込む。今度は扉に巻き付いていた鎖がガチャガチャと揺れ動きだし、その鎖が弾《はじ》け飛ぶと、バタンッと扉が開いた。

その扉の左右の枠を巨大な白い手が掴む。

「アアアアアアア」

巨大な頭が扉から出てくる。その頭は白い女性を象《かたど》り神々しい光を放つ。それはなんとか扉から抜けようともがくが、体が巨大すぎて扉を通る事が出来ない。女神と思われる頭部は上を向いて赤い涙を流して口を開ける。

「アアアアアアアア」

女神は何かに気付いたかのように前方の上級害獣を見つける。上級害獣は震えて逃げようとするも体が竦《すく》んで動けないようだ。女神が笑みを浮かべ、口を開ける。開ける。顎が外れたかのように開ける。開ける。大きく大きく開ける。

口にエネルギーが収束していく。莫大なエネルギーだ。それが一斉に光ると光の奔流が上級害獣を包み込む。包み込まれた上級害獣の体表はボコボコと泡立ち始め、少しずつ身体《からだ》が膨らみ始めて膨張し、最後に弾け飛んだ。

女神は扉の中へと戻り、扉が閉まると鎖がガチャガチャと再び巻かれ、消えていく。赤黒い魔法陣も弾け、歯車の魔法陣も溶けるように消えていく。

機体は魔力のオーバーロードにより魔導回路が焼き切れて機能が停止。宇宙空間を漂う。

『終わったのね』

とヘルミナの通信が飛ぶ。

サイとタキノの機体がコウの機体を掴むと母船を目指す。その後にヘルミナの機体が続く。

格納庫で機体のハッチが開かれるとコウが気を失った状態で発見される。すぐに医療室に運ばれてナブによる検査が行われたが、魔力の急激な消費で気を失った以外には問題ないと診断された。

「コウが魔力を枯渇するほどの魔法とは」

とサイが呟いた。

「そうね、モニターで見ていたけど凄《すご》い魔法だったわ」

母船さくらは惑星アイアへと進路を向ける。

「コウ、大丈夫なの？」

コントロールルームに入ってきたルカが声を掛けてきた。

「ええ、まだ少し怠《だる》いですが、問題ないですよ」

「まだ上級害獣はいるのかしら」

「ええ、まだいるでしょうね」

「何か対策を考えないとね」

「そうですね、全体の戦力をもう一度練り直しましょうか」

「そうね、コウの機体もダメになっちゃったし」

「アーマーの底上げと新たなアーマードアーマーの製作でしょうか」

「ふふふ、コウが楽しめる事じゃない」

「ふふふ、そうですね」

第十一章　新たな旅の始まり

コウの目の前には整備ポッドにより整備が進む新型の専用機が佇《たたず》んでいる。

その機体は赤を基調としてペイントされており、胸部のコックピットハッチは黒、所々装飾として黒と金の縁取りが施されている。全高も十ｍと大型化されていて各部の装甲が強化されている。特に内部にある魔導回路は大規模魔法にも耐え得る強度を獲得した。背部にある重力ドライブユニットも以前の機体と性能は変わらないが、五分の一にまで小型化されている。背部の腰に装備されている魔導ライフルも大型化されて出力が上がっている。腰両側面には魔導ビームサーベルが装備されており、ビームサーベルの出力も上がっている。やや背面両肩部に装備されているのは二段で装備されている魔法触媒。上が光属性魔法の触媒で、下が火属性魔法の触媒だ。小さくなった重力ドライブユニットの上下には、小型化された魔導遠距離操作兵装が四基ずつ、合計八基搭載されている。この魔導遠距離操作兵装もビーム出力が上がって強力なものとなっている。

整備の終わった機体に近づくと、アーマーは駐機姿勢を取りコックピットハッチを開けた。俺はそれに乗り込む。着用しているパイロットスーツは今回新規で開発されたものだ。ヘルメットも新調して全て魔導コアで制御されている。

『コウ、準備は良い？』

ルカの声がバイザーに響く。

「準備ＯＫです」

バイザーの側面を操作して前面部分に結界を展開させる。するとＡＲ技術によって空間内に各種情報が表示される。それらを確認して操作スティックを握る。

『射出五秒前、四、三、二、一、射出！』

ルカの声が響くと軽い衝撃が走るがすぐに重力制御機構が働き衝撃を緩和させる。幾つかの魔法陣を抜け加速が増すとスラスターを全開に噴かす。

機体は宇宙を駆ける。試乗点検メニューに従って操作して機体の性能を確かめる。

『コウ、良いわね。次に移るわ。デブリ帯に向かってちょうだい』

ルカの指示どおりにデブリ帯へと向かう。

『コウ、魔導感覚拡張リンクをオンにして』

「了解です」

タッチパネルを操作して魔導感覚拡張リンクをオンにする。その瞬間に俺は機体と一体になったような感覚に陥り、尚且《なおか》つ空間全体を認識する事に成功する。その感覚のまま速度を落とさずにデブリ帯へと突っ込んでいく。

その光景をモニターで見ていたタキノが呟《つぶや》く。

「なんだあれ、すげえな」

明らかにオーバースピードでデブリ帯に突っ込んでいったにもかかわらず、コウの機体は何もないかのように軽々とデブリの間をすり抜ける。

「魔導感覚拡張リンク機能は俺らの機体にも搭載されるのか？」

とサイがルカに聞く。

「ええ、このテストで問題なければコウのものよりもリンク範囲は落ちるけど搭載する予定よ。サイの機体ならモニター操作しなくとも感覚だけで敵をロックオン出来るようになるわ」

「ほう、それは楽しみだな」

サイはモニターを見ながら楽しそうに返す。

コウの機体を追いかけるモニター映像には、新規の魔導ビームライフルを撃つ光景が映し出されている。その威力は以前のものよりも四倍の威力を誇り、大きなデブリを一撃で粉々にする。

「ルカ、俺らの機体の改修はいつ終わるんだ？」

とタキノが目を輝かせて聞いてくる。

「そうね、この試験も成功みたいだし、来週には終わりそうよ」

「そうか！」

「コウ、テストは終わりよ。帰投して」

『了解です』

コウの声がコントロールルームに響く。

今回行われている強化策は他にもある。母船さくらの改修。これはヘルミナとルカから提案されたもので、非常事態を想定した空間拡張機能に頼らない施設を宇宙船内に整備する、といった内容だ。これにより母船は原初の船を解体した時に出た部品や外装を使って、全長百mから八百mにまで拡大され、それに伴い直径も六倍となって一通りの施設をその船体に装備している。

他にも武装を強化して超大型魔導ビームカノンを二基装備し、攻撃力も大幅にアップしている。

サイ、タキノ、ルカ、ヘルミナの機体もそれぞれ強化される予定だ。コウのアーマードアーマーはまだ設計段階であり、構想を纏《まと》めている最中。サイとタキノのアーマードアーマーは攻撃力がアップされてコウの機体にも積まれている機能も追加される予定だ。

来《きた》る上級害獣との戦いを見据えた各種強化は順調に進んでいる。


三ヶ月が経《た》った。

この間に戦力の強化が進み、試験も兼ねて原初の船を三隻回収している。

惑星アイアについても各国の努力により生活環境が改善されてきており、やや余裕のある日本は各国の支援を行っている。

今、目の前には新たに合流した原初の船が見える。

《マスター、原初の船のデータベースにアクセスしました》

「何か新しい情報はあるか？」

《はいマスター、見た事のない文字列が、回収した原初の船から確認されました》

目の前にモニターが浮かび、その文字列が表示される。それを見た瞬間、どこかで見た事があるような気がした。

どこで？

思い出せない。たしかに見たことがある。魔法文字だ。古代書か？　いや違うな……。ナブが知らないとなるとナブと出会う前か……。思い出せない。

ナブにプリントアウトしてもらい、それを見ながら自室のベッドで寝転んで文字列を眺める。

何か見落としているのか？

ん？　なんだろうか、違和感がある。

地球？　なんで地球？　何か……。

!?

いつかのクラス召喚に巻き込まれた記憶を思い出す。あれは確か宇宙船と出会う前だ。地球、そうだ。地球は異世界、そう異次元に存在すると思っていたが実際は同じ次元の宇宙に存在していた。

だが、あの召喚先はどうだっただろうか？　白い空間であの神は何を言っていた？　そうだそうだ。他の世界の神の話をしていた。ということは他の次元の宇宙の神だったのだろうか。そうするとあの召喚先は異次元世界で、今いるこの宇宙とは違う宇宙。

そこまで考えて、収納からあの召喚魔法陣と送還魔法陣の写しを取り出す。

「あった」

今回見つかった文字列がその魔法陣にあった。確かあの時に無駄な部分だと思って削除した部分の文字列だ。

「そうか、これは次元座標か」

そうだ。あの時は魔法陣を改造してバーガーセットを呼び寄せる事に成功して、それで異次元から取り寄せた気になっていたんだ。でも実際には、転生する前の地球と転生した後の異世界は同じ次元の宇宙にあると、この宇宙船と出会った時に判明した。どこかで勘違いをしたままだった。

とすると、この次元座標が残されていたということは、超古代文明の移住先は、この次元座標の宇宙のどこかになるのか。その可能性は高い。行ってみる価値はあるな。

「ナブ」

《はい、マスター》

召喚魔法陣と送還魔法陣の写しをナブに見せる。

《これはなんでしょうか？》

「ナブと出会う前に巻き込まれた事件で使われた魔法陣だ」

《たしかに、今回見つかった文字列と同じ文字列が確認出来ます》

「恐らくだが、別次元宇宙の座標を示した文字列だと思う」

《マスターは次元を超えた事があるということでしょうか？》

「そうだ」
《その転移先でこの二つの魔法陣を手に入れたのですね》
「そうなるな。それで一度試しに俺一人で行ってみようと思う」
《それは危険なのではないでしょうか？》
「一人ならなんとかなるよ、ふふふ」
　魔法陣を眺めて転移魔法陣を構築していく。魔力が収束して大量の魔力が消費される。足元に魔法陣が輝き、それと共にコウの姿が消えた。

　目の前の風景が変わると浮遊感に襲われる。どうやら転移先は空中だったようだ。すぐに足元に結界を張り、その上に立つ。下を見ると三十ｍほど先に水面が見える。周りは円形状の崖になっているようだ。

　そうか、あの時のメテオの跡だろう。

「やはり奴《やつ》らは懲りずに発動させたんだな」

　すぐに送還の魔法陣を発動させて自室に戻る。

《おかえりなさい、マスター》
「ナブ、成功だ」
《やはり他の次元なのですか？》
「多分な。けれどかなりの魔力を消費した」

《では船での転移は難しそうですか？》
「いや、可能だな。やってみせるよ。ただしもう少し魔法陣の最適化が必要だ。手伝ってくれ」
《はい、マスター》

「ルカさん、準備出来ました」

　オペレーターを務める羊獣人のカレンがルカに報告する。

「ありがとうカレン。コウ、準備が出来たわ」

「了解です。始めてください」

「術式を展開開始」

　とルカがオペレーターに指示を出すと、カレンはモニターを操作して術式の展開を開始する。刻々と変わるモニターを見ながら成り行きを見守る。

「魔力充填《じゅうてん》開始しました。予想使用量に収まっています」

「そのまま続けて」

　とルカの指示が飛ぶ。

「魔力充填完了です。転移開始します」

　カレンの言葉と共に母船の前に魔法陣が展開された。そのまま母船を飲み込んでいき、次の瞬間には景色が変わる。

「成功です。母船にも問題がありません」

コントロールルーム内に走っていた緊張が解ける。

「光学迷彩を展開します。上空二千ｍまで上昇」

オペレーターは母船を操作して光学迷彩を展開し、上空二千ｍの高さで停止させる。

「コウ、周囲に探査ポッドを展開するわ」

「頼みました」

俺はコントロールルームを出て、自室に向かった。

「ナブ、現在の座標と魔法文字の座標を比較して、座標文字の解析を進めてくれ」

《はい、マスター》

モニターを眺め、初めてこの場所に来た時には見られなかった星々を眺める。知らない星々が光り、地上には見知らぬ地形が見える。

俺の目の前にはもう一つモニターが開かれており、そこには次々と更新されるマップデータが映し出される。

「クレーターのすぐ横に街があるのか？　確かクレーターの場所は王都だったはずだが」

マップを見ながら呟く。

第十二章　ダンジョン攻略

翌朝、俺達はタキノを先頭にしてクレーター横にある街を目指して歩いている。

本来ならばすぐにでも超古代文明の痕跡を探したいところではあるが、タキノの強い希望でこの惑星を歩く事となった。風魔《ふうま》は魔物か何かと間違われて討伐されては困るので……母船に残ってもらっている。風魔、なんかごめんね。

高さ五ｍほどの壁に囲まれた街の入り口に到着する。

「止まれ！」

強面《こわもて》の兵士に行く手を阻まれる。

「小僧ども、どこから来た？」

「村からです」

「ほう、冒険者希望か？」

「はい」と無難に答えてみる。

「冒険者ギルドは門を入ってすぐ左側にある。まずはそこで登録をしろ」

顔に似合わず兵士は親切に教えてくれる。

言われたとおりに門を潜《くぐ》った先の冒険者ギルドへと入っていく。中に入ると左側に食事処兼酒場があり、正面には四つの受付があった。そのうちの二つに受付係が座っている。一人はおばちゃんで、もう一人は男性だ。

「なんだい、あんた達」

「五人、冒険者登録で」

と言うと各々は名前を書かされ、カードに血を垂らすと簡単に登録が済んだ。

「ランクは最低のGランクだ。後ろに依頼票もあるし、街にはダンジョンもあるから行っておいで」

シッシとおばちゃんに手を払われる。それとなくもう一人の受付係の男性にダンジョンの場所を聞いて、五人で向かってみる事にした。

「コウ、ダンジョンというのは何だ？」

サイが目を輝かせながら聞いてきた。俺の知識と同じならばと簡単に説明すると、サイの瞳が七色に光ったような気がした。

受付係の男性の話では、低級から中級レベルのダンジョンなのだとか。面白そうだ。

説明されたとおりに歩いていくと、少し大きめの門が見えてきた。ギルドの出張所が門の横に設置されている。ダンジョンに入ろうとするとギルドの職員に止められた。

まず見ない顔だからね。手渡したギルドカードを確認した職員から「新人か。初めてダンジョンに行くのか？」と心配された。話を聞くと。あの受付係のおばちゃんは適当で有名なキャラらしく、何人もの新人が充分な説明を受けずにダンジョンで怪我《けが》をしたりしているらしい。

人のよさそうな職員だったため、ついでに色々と聞いてみた。

分かったことは、元の国の名前はアレクシア王国。

数年前に天罰によって王都に隕石《いんせき》が降って滅びたらしい。なぜ天罰が下ったのか、それは元々この世界には邪神の眷属《けんぞく》である魔獣を率いる魔獣王がいたそうなのだ。

その当時、人族、魔族、獣人族、エルフ、ドワーフといった種族が力を合わせて魔獣王の脅威に立ち向かっていたが劣勢を強いられていた。そこで神が打開を図るために、勇者召喚魔法陣を授けた。それにより勇者を得た各種族は魔獣王と邪神を滅ぼした。なので人族同士の争いを除けば平和であったにもかかわらず、アクレシア王国は魔族の土地を手に入れたいという私利私欲のために召喚魔法陣を悪用し、天罰が下った。

温厚な魔族を敵として生贄《いけにえ》に使い、勇者を召喚しようとしたために隕石が降ったのだ。

現在のこの国は、王都とは反対の隣国と接する侯爵家を筆頭に、貴族から選ばれた貴族院と、商業ギルド、冒険者ギルド、鍛冶ギルド、錬金ギルド、魔法ギルドなどなどのギルド長から選ばれたギルド院との合議制によって運営されているアレクシア共和国として立国された。

そして、この街にあるダンジョンは元々王城の側《そば》にあったが、王城の破壊後になぜかここに現れたそうなのだ。そこに冒険者ギルドが建ち、冒険者用の宿屋が出来てすぐに武器屋、防具屋と増えていき、低級・中級ダンジョンである事から特に駆け出しの冒険者達が集まっているらしい。

説明を聞き終え、俺達は「冒険者としては新人だが、魔獣討伐の経験はある」と説明し、装備の確認を終えて入場の許可が下りた。

一層目に降りると洞窟型のダンジョンだった。

ちらほらと魔獣の反応はあるが脅威はなさそうだ。

しばらく歩くと目の前に青いスライムが現れた。鑑定での名前はブルースライム。ぽよぽよと跳ねている。すぐにタキノがペチンと蹴るとベチャッとなって消えていき、小指程度の魔石が残った。

魔石を回収して奥へと進み、すぐに二層目に降りる階段に到着した。ここまで五匹のブルースライムをタキノが潰している。一層目にいる冒険者は少ないようだ。

二層目に降りると、ブルースライムとホーンラビットが出てくる。これもタキノがペチンペチンと瞬殺して三層目に降りる。

三層目にはホーンラビットとゴブリンが出てくるが、出会ったのはどちらも一匹ずつ。この層もタキノがペチンペチンと潰して四層目に降りる階段へ到達。

四層目に出てくる魔獣はゴブリンにコボルト。いずれも一匹ずつ出てきた。この階層もタキノがペチンペチンとして五層目に降りる階段へ到達。もちろん、降りていく。

五層目に出てくる魔獣はゴブリンとコボルト。今度は二匹ずつで出てくるようになったが、タキノはペチンペチン踏みつぶしていき、六層目に降りる階段へ到達する。

六層目からはゴブリンとコボルトが錆《さ》びた剣や槍《やり》を持って現れたが、タキノがペチンしてすぐに七層目に降りる階段へ到達する。もちろん、そのまま降りていく。

七層目は丈夫そうな武器を持ったゴブリンとコボルトが複数で襲ってきた。……もちろん、タキノがペチンして八層目に降りる。

八層目からは武器を持ったゴブリンの他に弓を持ったゴブリンアーチャーが現れた。でもタキノのペチンで殲滅《せんめつ》、九層目へ。

九層目からは武器を持った複数のゴブリンにゴブリンアーチャー、そして魔法を使うゴブリンメイジが追加されるが……タキノのペチンで殲滅される。十層目へ。

十層目はいわゆるボス階層だった。

大きな扉を開けて奥へ入ると、武器を持ったゴブリンが二十、アーチャーが四、メイジも四……そして大きなゴブリンであるホブゴブリンが後ろに控えていた。ホブゴブリンの咆哮《ほうこう》により戦闘が始まった。

「ゴブブブゥー!!」

なんだか気の抜ける咆哮だ……。タキノはゆっくりと歩いて全てペチンする。殲滅し終えると宝箱が現れた。鑑定によると罠《わな》はないようだ。ルカが開けると、中には金貨が入った革袋があった。

「タキノ、少し休みますか？」

「いや、大丈夫だ。先に進もう」

タキノはニカッと白い歯を見せる。ああ、タキノの奴《やつ》。このダンジョンをアトラクションか何かと思っているな。まぁ、楽しんでいるなら良いか……。

固く閉ざされていた扉が開くと十一層目へと続く階段が現れ、降りていく。

十一層目からはゴブリンとコボルトの混成となり、それぞれの武器にはメイジ、アーチャーも交ざっている。それらをタキノは楽しそうにペチンしていく。時折、ホブゴブリンが単騎で現れるが問題なくペチンして進む。

十二〜十五層目までは同じような編成で魔獣が現れ、ホブゴブリンが現れる数が増えてきているが、問題なく十六層目へと到達する。ここからは中級ダンジョンとなるようだ。

十六層目からは今までの魔獣の編成にオークが交ざる。普通はオークと言えば初級・中級にとって脅威になると思うのだが、タキノにとってはペチンで済む対象だ。そのまま問題なく進んでいく。

階層を進むにつれてゴブリンとコボルトの割合が減っていき、オークで占められるようになってくる。

二十層目ではボス戦となり、オークアーチャーやオークメイジが交ざってきていたが、タキノは問題なくペチンで殲滅していく。

二十五層目では時折、単騎のオーガと出会うようになった。もちろん、これも問題なくペチンしていく。

二十九層目を難なく抜けて、三十層目に到達。ここが最下層となるようだ。

「タキノ、少し休んでからボス戦に挑みましょう」

「おう」とタキノがご機嫌で答える。

しばらく休憩して、ボス部屋へと入っていく。

そこにいたのは……リビングデッドアーマー。黒い鎧《よろい》にマントを羽織り、黒光りする大剣を持っている。そして、強者のオーラを撒《ま》き散らしていた。

「ほう」

タキノは嬉《うれ》しそうに口角を上げ、リビングデッドアーマーと対峙《たいじ》する。リビングデッドアーマーも何か感じ取ったのか、大剣を構えた。タキノは剣の柄《つか》に手を掛けて構える。

タキノとリビングデッドアーマーの間に緊張感が漂う。その緊張に耐え切れなくなったのだろうか、リビングデッドアーマーが上段から斬りかかるが、タキノは少しの移動で大剣を躱《かわ》す。リビングデッドアーマーはすぐに大剣を構え直すが、タキノは踏み込んで剣を抜き放つ。

「シッ！」

裂帛《れっぱく》と共に剣が走りリビングデッドアーマーを襲うが、辛《かろ》うじて大剣でタキノの斬撃を防ぐ。

「やるじゃねえか」

タキノは嬉しそうにそう呟《つぶや》くと、さらに踏み込んで剣を振るう。ここからはリビングデッドアーマーが防戦一方となる。しばらくすると、リビングデッドアーマーはタキノに弾《はじ》かれて地面に転がる。なんとか立ち上がるがすぐに転ばされてしまう。それを何回か繰り返すとリビングデッドアーマーの雰囲気が変わる。覇気が薄れてすぐに転ばされている。


タキノはどうやら稽古をつけているらしい。


しばらくすると、転ばされたリビングデッドアーマーは立ち上がらなくなった。

「おい、立て」

とタキノが言うと、リビングデッドアーマーはびくりとして体を起こして正座をする。

「何やってんだ、お前。すぐに立ち上がれ」

とタキノが叱責するものの、リビングデッドアーマーは土下座をしたかと思えば段々と気配が希薄となり消えていった。消えた場所にはリビングデッドアーマーの大剣と魔石が転がっていた。

「はぁ」

タキノは溜《た》め息《いき》をつくと、大剣と魔石を拾って俺達と合流する。ルカは宝箱を開けてホクホク顔。

現れた魔法陣の上に立ち、帰還する。

地上に戻ると、すぐに出張所で話を聞いた冒険者ギルドの職員に帰還の報告をする。

「おう、あんた達無事に帰還したんだな。それでどこまで潜ったんだ？」

「最下層の三十層目まで潜って攻略したわよ」

とルカが言うと、職員はポカーンとした。

「えっ？　もう一度言ってくれ、どこまで潜ったって？」

「だから最下層よ」

ルカが呆《あき》れたように言うと、職員はやっと話を飲み込めたらしい。

「さ、最下層だと？　本当か!?」

「そうよ。ほらこれ」

ルカはリビングデッドアーマーの魔石と大剣を差し出す。

「こ、これは間違いなくリビングデッドアーマーの魔石と大剣だ。本当に一日経《た》たずに攻略したんだな……」

「これで分かってくれたかしら」

「ああ、理解したよ。ちょっと待っててくれ、ギルドに提出する書類を書く」

と奥に行ってしまった。ルカは肩を竦《すく》める。

「この後はどうするの？　コウ」

「そうですね、船に戻りま……」

と言いかけたところで職員が戻ってきた。

「あんた達、ここを攻略したって事は次は迷宮都市かい？」

「迷宮都市？」

「そうだ。迷宮都市には中級・上級・特級の三つのダンジョンがある。上級と中級は既に攻略されているが特級はまだ攻略されていない。確か他の冒険者達が今攻略しているのが十九層目だと言っていたな。あんた達ならもしかしたら特級も攻略出来るかもしれないな」

と職員がご機嫌に言う。

「迷宮都市はここから遠いのかしら？」

「そうだな、馬車で一週間というところかな」

ルカがこちらを見ると俺は頷《うなず》く。

「では職員さん。行き方を教えてくれるかしら？」

「良いぞ。ちょっと待っててくれ、もうすぐでギルドに提出する書類が完成する。その書類と一緒に簡単な地図を渡してやるよ」

と職員が言うと奥へと戻っていく。

しばらくすると職員が戻ってきて、迷宮攻略の証《あかし》となる書類と迷宮までの簡単な地図を渡される。

「あんた達なら大丈夫だとは思うが、気をつけて迷宮都市まで行ってくれ」

「ああ、世話になったな」

とタキノが答えると冒険者ギルドへと歩き出す。

「迷宮都市か」

「何だか楽しそうね」

ヘルミナがタキノを見て笑う。

「じゃあ、中級のダンジョンは私が攻略するわ」

「なら上級は俺だな」

ルカとサイも楽しそうに言う。

「ふふふ、私とコウは特級かしら？」

とヘルミナが俺を見ながら言う。

「私は見ているだけでも良いんですが、分かりました」

そんな会話をしているうちに冒険者ギルドに到着して中に入っていく。

中に入ると夕方にはまだ早いせいか、かなり閑散としている。俺達は受付に行き、攻略の証となる書類を渡す。

「!!　こ、攻略ですか？」

「はい、書類のとおりです」

「少々お待ちください」

受付係が奥に入っていくと、何やらイカツイオヤジを引き連れてくる。

「攻略したってのは、お前らか？」

「ああそうだが、何か問題でも？」

タキノが睨《にら》む。

「いや、書類もあるし問題ない。ただ、たった一日で攻略したと聞いてな」

「そういうことか、まぁ俺らは元々魔獣討伐はしていたからな」

「申し遅れたが、俺はこのギルドのギルドマスターだ。一日でここのダンジョンを攻略するくらいだからな、今日からお前らはCランクだ」

「では、皆様のギルドカードを出してください」

カードを渡すとすぐに書き換えられてCランクとなった。

俺達はギルド出ると迷宮都市へと向かう。


外壁を抜けて街道を歩く。

「どうする？　コウ」

とサイが聞いてきた。

「どうしましょうか？」

「ならさ、このまま徒歩でも良いんじゃないかしら？」

「そうね、私達はこの国もそうだけど、何も情報がないじゃない？　なら歩いて情報収集しながらいけば良いんじゃないかしら」

とヘルミナがルカに同意する。

「それも面白そうだな」

「それがいいな」

タキノとサイもそう言って頷く。

皆の意見を尊重して、このまま徒歩で迷宮都市を目指す事にした。

俺は手を翳《かざ》して空を見る。もう日は傾いてきているがまだ明るい。

「こういう旅も悪くないな」

と呟いて皆の後に続く。

第十三章　迷宮都市

あれから数日が経過し、順調に旅をしていた。

ここまでで二つの村を通り過ぎ、今は次の村に向かって歩いている。

「やっぱり旅は良いな」

「ああ、そうだな」

「ふふ、二人とも楽しそうね」

「たしかに楽しそうね。最近まで宇宙害獣や惑星アイアへの移民とかで大変だったからね」

「そうですね」

たしかに俺達にとってこの旅は良い気分転換となっていた。つい最近まで宇宙害獣の討伐や惑星アイアへと移住した地球の人々の生活を安定させるために、奮闘していたからだ。みんなにとってはそこから解放されてのんびりと出来るのは久しぶりで、解放感に溢《あふ》れていた。

ここまでも夜は焚《た》き火《び》を囲み、ルカの作った料理を食べては語らい、酒を飲んで有意義な時間を過ごしていた。今日も日が傾いてきたところで適当な野営地を探して腰を据える。薪《まき》を拾い、焚き火を囲む。ルカが夕食の準備に取り掛かり、収納から材料を取り出して料理を始めた。ルカは結界でコンロを再現してシチューを作る。

しばらくすると良い匂いが漂い出す。

グ〜。

タキノの腹が鳴る。

「おい、まだか？」

タキノは涎《よだれ》を垂らしながらルカに聞く。

「もう少しよ。まったく」

ルカは困った顔をする。

「ふふふ、大きな子供だこと」

ヘルミナが涎を垂らすタキノを見て言った。タキノの横に座っているサイもお腹《なか》が空《す》いたのか落ち着かない。

「出来たわ」

ルカが器にシチューをよそっていく。全員にシチューの入った器が行き届いて食事を始める。タキノとサイはガツガツとシチューを食べ、配られたパンに齧《かじ》りつく。

「あんた達、本当に美味《おい》しそうに食べるわね」

「いや、本当に美味《うめ》え」

「カレーも美味しかったが、このシチューも美味《うま》いぞ」

それを聞いたルカは満更でもなさそうで、ニコニコしていた。

食べ終わって片付けも終わると、五人は焚き火を囲んでチビチビとお酒を飲みながら、ああでもない、こうでもないと話し始める。一息つくと男性陣の寝る場所には俺が結界を張り、女子陣の場所はルカが結界を張って眠る。

翌朝、一番に起きて身支度を始める。ヘルミナ、ルカも起きてきてお湯を沸かしてハーブティーを淹《い》れる。匂いに釣られたサイが起き、最後に腹を掻《か》きながらタキノが起きてきた。全員が揃《そろ》ったところで朝食だ。収納していた簡単なサンドイッチを食べる。食べ終わると出発だ。

「今日も良い天気だな」

「さて、いくか」

五人は歩き出す。順調に進み、昼過ぎには次の村が見えてきた。

「あれが最後の村か？　あの村を過ぎれば少し大きな町があるのだったな」

「そうね、あの村の次が町ね。何か美味しいものでもあれば良いのだけど」

「そうですね」

「楽しみだな」

とタキノが笑顔になる。

一時間も歩くと村の入り口に到着し、村人が声を掛けてくる。

「おっ、旅の者達か？」

「そうだ、迷宮都市を目指している。泊まるところはあるか？」

サイが冒険者カードを見せた。

「宿屋は無いが広場がある。そこにテントでも張って寝てくれ」

「分かった」

とサイは返し五人は村に入っていく。

「何か、この村は前の村に比べて活気がないわね」

ルカが村の中を見回してそう言った。

「とにかく広場へ行きましょう」


村の広場で野営の準備をしていると、十五～十六歳ぐらいの女の子が声を掛けてきた。

「あの～、冒険者の方々ですか？」

「ああ、そうだが」

「お願いがあるんです」

女の子は切迫したような表情で言ってくる。

「何かしら？」

心配したヘルミナが女の子に問いかける。

「実はこの近くにオークが数十匹住みついて、村の男衆に怪《け》我《が》人《にん》が出ているんです」

「ん？　確か冒険者ギルドに聞いたが、討伐は領主に頼めば済むのではないか？」

とサイが聞く。女の子は表情を曇らせる。

「実は村長は私の父でして、隣町へオークの討伐を嘆願しに行っておりました。町での買い付けのため私も同行したのですが、詰所にたまたまいた代官の次男に『お前を妻に迎える。断ればオークの討伐は行わない』と言われてしまいまして……」

「それは酷《ひで》えな」

「許せないわね」

タキノは怒ったように言い、ルカが俺の方を見やる。

「良ければ、私達がオークの討伐をしましょうか」

「そう来なくっちゃだな」

そこに村長がやってきた。

「ミランダ！」

「お父様！」

「ここで何をやっている！」

村長は娘であるミランダを叱る。

「冒険者さん達にオークの討伐を……」

「勝手な事を！」

「村長さんか？」

とタキノが声を掛ける。

「なんでしょうか？」

「オークの事なんだが、俺らが討伐してくる」

「いくら冒険者といえども、四十を超える数のオークの群れを討伐する事は出来ますまい」

「問題ねえよ」

タキノは鼻で笑って軽く答える。

「ですが……」

「で、場所はどこだ？」

タキノは村長の話を遮《さえぎ》り、オークのいる場所を聞く。なんとかオークのいる場所を聞き出した俺達は村を出て討伐へと向かった。

「タキノ、あれでよかったのか？」

「問題ないのは分かっているだろ」

「まぁ、そうなんだがな」

サイは肩を竦《すく》める。

「色々と言ってても関係ないわ。ちゃっちゃと始末してしまいましょう」

とヘルミナが締める。


しばらく歩いていくとオークのものと見られる痕跡があちこちに見られるようになってきた。

「そろそろだな」

「コウ、どうする？」

タキノとサイが辺りを警戒しながら歩を進める。

「今回は討伐の証拠も要りますから、初手から強力な範囲魔法は使わずにいきましょう」

「了解よ」とルカが答える。

タキノとサイは森の奥へと踏み込んでいく。

「臭うな」

「ああ、近いな」

「二時方向三百m先、いますよ」

タキノとサイが走り始める。

森を抜けると広場に出た。オークの集落だ。

「タキノ、援護する」

「ありがてえ」

タキノは走って集落の奥を目指す。その先は木の枝を寄せ集めただけの掘っ立て小屋だ。その中から気配を感じ取ったのか、オーク達がワラワラと出てくる。

「大歓迎じゃねえかよ。嬉《うれ》しいねえ！」

タキノは笑いながらオークの群れに突っ込んでいく。サイはそんなタキノを見て溜《た》め息《いき》をつきつつ、氷魔法を発動してオークの足元を凍らせて拘束していく。身動きが取れなくなったオーク達をタキノが斬り伏せていく。

「ふう。サイ、私は奥のオークを狙うわ」

二人に追いついたヘルミナは状況を確認して弓を引き絞り、矢を放つ。風を切り裂くような矢は寸分違《たが》わずにオークの眉間に突き刺さった。オークの数はどうやら四十〜六十はいるようだ。タキノは嵐のように駆け回り、オークを蹂躙《じゅうりん》していく。

「あとは、十というところか？」

「どうやら終わりのようですね」

追いついてきたコウが呟《つぶや》く。

「そうね、タキノがいつもより張り切っているわね」

とルカが冷たく言い放つ。

あっという間にオークを殲滅《せんめつ》し終え、討伐の証明となるオークの鼻を削《そ》ぎ落《お》とす。オークの死体は中央に集めて火魔法で燃やしてしまう。

「楽勝だったな」

「タキノが張り切った原因は、ミランダとかいう村の女の子かしら？」

「ち、違うわ！　関係ねえ」

「どうだかね」

ルカはタキノに疑惑の目を向ける。

「あらあら、いつも二人は仲が良いのね」

「どうしてこんなチビと……」

茶化《ちゃか》してくるヘルミナにタキノがそう言った瞬間、
ゴン!!

と金属音が鳴り響き、タキノは頭を押さえて蹲《うずくま》る。

「痛《いて》え!!　何しやがる！」

タキノは叫ぶが、ルカはさらに追い討ちを掛けるべくフライパンを振り上げる。

「おい！　ちょっ待て！」

ゴン!!

虚《むな》しく二発目のフライパンの打撃音が鳴り響く。

村に戻ると、村長の娘ミランダが寄ってきた。

「あの、オークは」

「ああ、このとおりだ」

タキノはオーク討伐の証明となる鼻が入った袋を持ち上げて見せる。

「!!」

ミランダは口を押さえて涙を溜める。

「あ、ありがとうございます」

そこに村長と村人達も集まる。

「こ、これは本当に討伐された……」

村長は呆気《あっけ》に取られる。村人達も段々と状況が分かってきたのか歓声を上げる。

「これから宴《うたげ》じゃあ！」

「「「おう！」」」

村長の掛け声に、村人達は雄叫《おたけ》びを上げて宴の準備を始める。

準備が終わると宴が始まり、夜通しのどんちゃん騒ぎとなったがタキノは落ち込んでいた。

「ザマぁ、ないわ」

「お気の毒ね」

ルカが吐き捨てるように言うと、ヘルミナはいかにもお気の毒と思っていない口調で言った。どうやらミランダは一つ前の村の幼馴染《おさななじみ》である村長の息子との婚姻が決まっているらしく、それで代官の次男の妻にはなりたくなかったのだった。それが今回、タキノ達によって解決されたと……。

　そんなタキノを見て俺とサイは苦笑する。

　翌朝、泊めてもらった村長宅で起きるとコウは背伸びをする。もう既にルカが朝食のサンドイッチを作っているようだ。

「おはようございます、ルカ」

「おはよう、コウ。もう少し寝てても良かったのよ？」

「癖ですね」

　苦笑しながらルカに返すと、足音がしてタキノが起きてくる。

「………」

　無言で通り過ぎようとするタキノに、ルカが声を掛ける。

「朝の挨拶くらいしなさいよ！　子供じゃないんだから」

「フンッ」

　タキノはギロリとルカを睨《にら》み、ソッポを向く。

「ウジウジしてみっともないわね」

「黙ってろチビ」

　ゴン！

　フライパンの音が響く。

「痛え！　何すんだ！」

頭を抱えて蹲るタキノはルカを睨む。

「あらあら、朝からイチャイチャかしら」

「「違う」」

「あら、息もピッタリねぇ」

ヘルミナはニヤニヤしながら用意されているテーブル席へと座る。

「おはよう、コウ」

「おはようございます、ヘルミナ」

ルカとタキノは苦い顔をしながらソッポを向き合っていて、そのうちにサイも起きてきて朝食が始まる。朝食を済ませると俺達は荷物をまとめ始める。

「今日、出発ですかな？」

「はい、すぐに発《た》ちます」

「お世話になりましたな」

村長は頭を下げる。

そして、俺達が村を出ようとした時……。一台の馬車と、その馬車を警護する騎馬六騎が村の中に入ってきた。馬車が止まり扉が開くと一人の男が降りてくる。

「村長！　オーク退治に来てやった」

男は尊大に言うが、どう見ても一行の様子からはオークの群れを討伐出来るような戦力はないように見えた。村長は溜め息をつく。

「これはこれは代理の子息様。よう来られました」

「うむ、それでオークはどこにいるのだ？　数は？」

「オークの集落は森の向こうで数は四十以上です」

警護の騎士達は狼狽《うろた》える。代理の子息も顔を青くする。

「わ、分かった。なんとかする」

「もうそれには及びません。既にそこの冒険者の方達により討伐されています」

子息と騎士達が一斉にこちらへ視線を向ける。

「ほう、こいつらがか。そこの冒険者！　討伐部位をよこせ！」

俺達は無視して村を出ようとする。

「止まれ！　無礼であろうが！　斬り捨てるぞ！」

「オークの群れを相手にして無傷な俺らにアンタ達が何か出来るとでも？」

「領主代理の子息であるぞ！」

「どうせ領主代理は知らないんだろ？」

サイの台詞《せりふ》に子息と騎士達は一瞬目を見開く。

「無礼な奴《やつ》らめ！　引っ捕らえよ！」

と子息が言うと騎士が馬を降りて抜剣した。こちらに斬りかかってくるがアッという間に制圧されて捕縛される。子息も捕縛され、説明のために同行する事になった村長と共に、ゆるりと捕縛した者達の街へと向かう。

街に到着した俺達は衛兵待機室へと案内される。件《くだん》の説明のためだ。

「それでは、村長はオーク討伐の件で、以前にこちらへ報告しに来たと？」

と衛兵隊長は村長へと質問する。

「はい、確かそちらにいる衛兵もいたはずです」

出入り口にいる衛兵へと目を向ける。

「本当か？」

「は、はい。ご子息様が対応なされると……」

「馬鹿者！　なぜ私の所へ報告せんのだ！」

隊長が声を荒らげた。

「も、申し訳ありません」

「村長。申し訳なかった。この件は必ず公にして対処します」

と頭を下げた。

聞くところによると、あの子息は他にも勝手に動いてやらかしているようで頭を抱えていた。ここで俺達はお役御免となり、この日は宿を取って休む事にした。

その夜中、コウとサイ、タキノが泊まる三人部屋に何者かが忍び寄ってきていた。

「来たな、本当に馬鹿な奴らだ」

「コウ。今回も不殺でいくのか？」

「ええ、それで頼みます」

侵入してきたのは黒ずくめの五人だ。入ってすぐに俺の結界で拘束され、タキノの当て身で意識を失った。

「弱いなあ、こいつら」

「こんなもんだろ」

ルカとヘルミナの部屋にも確認しに行ったが、同じく黒ずくめの五人がルカの結界で拘束されていた。一階のフロントに下りるとギクッと反応した受付係がいた。そいつも拘束して衛兵を呼びに行く。宿のロビーには黒ずくめの十名と受付係の男一名が縄で縛られて転がされている。

「コウ、どうだった？」

とヘルミナが聞く。

「どうやら子息に頼まれたこの町の裏組織の連中らしいですね」

「アジトは？」

「もちろん、分かりましたよ」

そこに二人の衛兵が駆けつけてきて、事情を説明する。すぐに全員連行されていった。

「さて、行きましょうか」

宿を出てしばらく歩くと、少し奥まった所にある三階建ての建物が目につく。

「ここですね」

俺は魔力を練ると、入り口に向けて風魔法を発生させて扉を破壊する。

バキンッ！

と音がして扉が粉々になる。すかさずタキノが走って突入していくとサイもその後に続く。すぐに建物内で叫び声が上がるが十分もすると静かになり、サイが建物から出てきた。

「十七人だ」

「縛り上げて衛兵に突き出しましょうか」

俺達は建物の中に入っていく。

裏組織の者達を縛り上げて衛兵に突き出した俺達は、宿に戻って一眠りすると、翌朝に迷宮都市へ向けて出発した。


領主館執務室。

「バカモン!!　今度何かあったら家名剝奪《はくだつ》のうえに鉱山送りだと言ったはずだ」

「父上！　私は何も……」

「既に調べは終わっとる。しかもお前、オークを殲滅した冒険者に裏の者を送っただろ」

「そ、それは……」

「裏組織は昨晩壊滅したぞ」

「そ、そんなバカな……。ではその冒険者が……」

「そうだ。刺客を返り討ちにしたうえに裏組織のアジトに乗り込んで壊滅させた」

「あああ」

「お前はもう終わりだ」

領主が背を向けて部屋から出ると代わりに衛兵が入ってきた。

数日歩いて俺達は迷宮都市へと到着した。

「おう、なかなか活気があるじゃねえか」

「これは楽しみだな」

門を潜《くぐ》った先で道行く人々の賑《にぎ》わいを見て二人がはしゃぎ出す。

「ここには中級ダンジョン、上級ダンジョン、特級ダンジョンがあるのよねえ」

「そうですね。確か中級は五十層で攻略済み。上級も八十層で攻略済み。特級が十八層まで攻略が済んでいるらしいですね」

一行は街道を進んでいく。


とある王城。

「計画は順調か？」

玉座に座る大きな男が黒いフードを目深に被《かぶ》った男に問いかける。

「はい陛下。順調に進んでおります」

「ウリエラはどうしている？」

「ウリエラ様は……」

「また勝手な行動をしておるのか」

「は、はい」

「しょうがない奴め。まぁ良い。計画だけは遅滞なく進めよ」

「はっ」


中級ダンジョン。

ゴン！　ゴン！

フライパンの打撃音がダンジョン内に響き渡り崩れ去るスケルトン。

初めてタキノ以外で鳴り響いたような気がする……。急にタキノが心配になってしまい振り返るが、タキノは頭をさすっていた。

「確かここの中級ダンジョンはあまり人気がないのよね」

「ええ、死霊系の魔獣が大半ですからね、臭いが……」

前方から二体のゾンビが歩いてくるのが見える。

「臭《くせ》えな」

「こりゃあ、人気がないわけだな」

サイが風魔法を発動して臭いを散らす。

一時間もすると三十層目に到達した。ワイトが交ざり始めるが、ルカのフライパンは結界をまとっていて、実体のないワイトも一撃で消し去る。

さらに一時間で最終階層の五十層目に到達。目の前には大きく豪奢《ごうしゃ》な扉がある。ここが最後のボス部屋であろう。ルカは笑顔ですぐに入っていく。もちろん、その後ろに俺達が続く。

中に入ると明かりがつく。目の前には玉座。そこには半透明のローブを着た骸骨が座って右手には長い魔法杖を持っている。その半透明の骸骨が立ち上がり、杖を振るうとワイトが十体現れ、地中からはスケルトンが二十体湧く。半透明の骸骨は赤く光る瞳をこちらに向けてニヤリと笑った。余裕の表情だ。

そこにルカが歩いて近づいていくと……、
ゴン！　ゴン！　ゴン！

フライパンの打撃音が響き、スケルトンは全滅。それから数瞬でワイトも消《き》え失《う》せる。ポカンとその様子を見ていた半透明の骸骨、リッチは顔を引《ひ》き攣《つ》らせる。リッチは杖を振るい魔法を発動させるが、ルカの結界に阻まれる。ルカは笑顔でさらに近づいていく。

リッチは後退《あとずさ》るものの壁際に追い込まれてしまう。ルカはフライパンを振り上げる。

ゴン！　ゴン！　ゴン！　ゴン！

滅多打ちである。リッチは蹲《うずくま》り背を丸めるがルカは容赦なくフライパンを振るう。

ゴン！　ゴン！　ゴン！

「何か可哀想《かわいそう》に見えるな」

とサイが言うと、タキノは顔を引き攣《つ》らせながら「ああ」とだけ答える。

それから一分も経《た》たないうちにリッチは消えていき、魔石と杖を残した。最後に銀の宝箱が現れてルカが革袋を回収。中にはかなりの量の金貨が入っていたようだ。

そして魔法陣が現れて俺達は帰還した。


迷宮都市、上級ダンジョン。

サイは頭上に五つ風の刃《やいば》を浮かべると、目の前に迫るオーガに向けて放つ。

ウガァア！

真っ二つにされて崩れ落ちるオーガ。

「これで四十九層目ね」

「ああ、次はボスがいる層だな」

順調に五十層目に降りると、そのままボス部屋へと入っていく。中には三mを超える体高のハイオーガ一体と斧《おの》を持つバトルオーガが五体、メイジオーガが四体、剣を持つオーガ十体が待ち構えていた。

サイは素早く魔法陣を展開して範囲風魔法であるサイクロンを発動させる。ルカは前面に結界を展開して仲間達を守る。風魔法サイクロンは敵集団を飲み込み、切り刻んでいく。

「ウオオオ！」

ハイオーガが雄叫びを上げる。するとハイオーガに刻まれた傷がみるみる治っていく。

「ほう、厄介な能力を持っているようだな」

サイは不敵に笑い、五つの魔法陣を頭上に展開して魔力を込めていく。その魔法陣から放たれたアイスアローは回転しながらオーガを穿《うが》つ。バトルオーガ二体とメイジオーガにはそれぞれに一発ずつ心臓部分を穿って沈黙させ、ハイオーガには二発のアイスアローが突き刺さる。これで全てのオーガが魔石となり、銀の宝箱が現れて五十一層目へと繋《つな》がる扉が開く。

「上級ダンジョンは八十層までだったかしら」

「そうよ、八十層までよ」

その後も順調に消化していく。六十層目のボス部屋も処理して既に七十層目のボス部屋へと到達。一行は休む事なくボス部屋へと入っていく。

六十層目ではサイクロプス四体だったが、この七十層ではグリフォン四体とキメラ四体が待ち構えていた。

「この星ではグリフォンは普通の魔獣なんですね」

と呟くが誰にも聞こえなかったらしく答える者はいない。目の前ではサイが敵を結界で拘束して風魔法で首を刎《は》ねていく。あっという間に討伐完了だ。ルカが現れた宝箱の中身を回収して、一行は開いた扉に向かっていく。

七十一層から七十五層まではサイクロプスが複数で襲ってきたが、七十六層から七十九層まではグリフォンとキメラが複数襲ってきた。それらも難なく討伐して八十層目に到達。ここまで半日掛かっていない。

一行は少しの休憩をとった後、最後のボス部屋へと入っていく。

待ち構えるのは漆黒のドラゴンである〝黒龍〟。

ルカが結界を展開するとサイはその結界の前に立つ。

「ガォォォォ!!」

黒龍の咆哮《ほうこう》が大気を震わす。サイは怯《ひる》まずに黒龍へゆっくりと迫っていく。

黒龍は身体《からだ》を回転させてサイをその凶悪な尾で薙《な》ぎ払《はら》う。が、サイは結界を即座に展開。

ガキィィィィン！

その尾の一撃はサイの結界に阻まれる。さらに黒龍はその口元に魔力を溜め始める。

ブレス。竜種最大の攻撃をサイへと放つ。

ゴゴゴゴゴ！

凶悪な音を立てて放たれたドラゴンブレスがサイを襲い、その余波で土煙が上がる。土煙が収まると無傷なサイが黒龍を睨みつけて口角を上げる。

「次は俺の番だが覚悟は良いか？」

サイはそう宣言して魔力を練り始め、その頭上に三十もの魔法陣が展開する。その魔法陣から放たれたのは風の刃である。その風の刃によって黒龍は切り刻まれるが致命傷には至らなかった。

「ほう、硬いな。これならどうだ」

サイは魔力を練り込み頭上に大規模な魔法陣を展開させる。それを見た黒龍は後退りを始める。

すると……、

ズダァアン！

黒龍は仰向《あおむ》けに倒れて腹を晒《さら》してサイを見る。

「はぁ？」

サイは呆気に取られて黒龍を見るが、黒龍はサイを涙目で見つめる。

「どうやら降参ということかしら」

ルカは笑いながら結界を解除する。タキノとヘルミナは腹を抱えて笑い、俺は肩を竦める。サイは毒気を抜かれたかのように魔法陣を消すと、黒龍が安堵《あんど》の表情を浮かべる。

「これはどうするのかしら」

「やはり討伐しないと帰還の魔法陣は出ないか」

と言うと黒龍はガタガタ震え出し、みるみる身体が縮んでいくと目の前には愛くるしいデフォルメされたかのような黒龍がパタパタと翼を羽ばたかせながらサイの周りを飛ぶ。

サイは溜《た》め息《いき》をつく。

「しょうがない、連れていくか」

黒龍はサイの肩に乗り頬ズリをして甘える。すると帰還の魔法陣と宝箱が現れて一行は地上へと帰還する。


迷宮都市、特級ダンジョン。

「私が一層目から五十層目までで、コウが五十一層目からで良いかしら？」

「ええ、それで良いですよ、ヘルミナ」

ヘルミナは収納から魔導弓を取り出してダンジョンを軽快に歩いていき、その後に一行が続く。

オークとオーガの混成集団が次々と襲ってくるが、ヘルミナの魔導弓による正確な射撃で魔力の矢が眉間に刺さり、魔獣は倒れる。

一層目から五層目まではオークとオーガ、その上位種が襲ってきたが、ヘルミナは冷静に魔導弓で射抜いていく。

六層目から人型ではなく獣型の魔獣が出てきた。狼魔獣の上位種であるフェンリルやグリフォンといったものだ。それらもヘルミナは問題なく処理していき、十層目のボス部屋に笑顔で入っていく。ここで待ち受けていたのはハイオーク十体とサイクロプス五体にキメラが四体の混成だ。これらの魔獣もヘルミナの早撃ちで、あっという間に討伐される。

十一層目からは人型、獣型の混成で、これも問題なく処理。二十層目のボスはバトルサイクロプス。体高は五ｍくらいで手には大型の斧を持つ。それが四体。それも呆気なく眉間を正確に撃ち抜いて討伐する。

二十一層目からは大型人型魔獣であるサイクロプスに複数のトロールが現れるが、問題なく処理する。

三十層目のボスはワイバーン十体に、トロール十体とサイクロプス十体。もちろん、問題なく処理する。

三十一層目からは獣型のフェンリルにワイバーン、トロールが混成となって立体的に襲ってきたが問題なく処理した。

四十層目のボスは体長が十ｍを超えるグレートキングタートル。まぁ、大きな亀だ。

「ギャアアア！」

大きな亀は咆哮すると前進を始める。そこに正確なヘルミナの魔導弓による射撃が降り注ぐ。亀の顔面や四肢に魔力の矢が突き刺さり、亀は頭部と四肢を引っ込める。が、ヘルミナは構わず魔導弓で魔力の矢を撃ち込んでいく。引っ込んだといっても蓋がされるわけではない。その引っ込んだ先にヘルミナは容赦なく撃ち込んでいくと、亀は消えて魔石となった。

四十一層目からはグレートキングタートルより小さいグレートタートルとワイバーンが襲ってくるが問題なく処理される。

五十層目。ボスは地龍である。

ボス部屋に入ると地龍は「ギャァァア！」と大気を震わせる声と共に突進を開始。ヘルミナはそれを避《よ》けるが地龍はすれ違いざまに、体表に生える長さ三十㎝ほどの棘《とげ》を射出する。その数十二本。ヘルミナはそれらを結界で防いで危なげなく回避。

地龍はそれを見て悔しげに「ギャギャギャァア！」と咆哮。ヘルミナは風魔法を使い地龍から距離を取る。地龍の口元に魔力が収束していくと、

ガガガガガ！

と岩の散弾のようなブレスが照射されるが、ヘルミナは再び結界を張って防御。土煙が収まるとヘルミナは弓を構えて走り出し、魔力の矢を連射する。その矢が地龍の四肢に刺さり地龍は苦悶《くもん》の雄叫びを上げる。

「ギギャァア！」

矢を嫌がった地龍は再び口元に魔力を収束させていく。ブレスだ。

ガガガガガガガ！

一発目のブレスよりも強力なブレスが噴射されてヘルミナを襲う。それも結界で防いだヘルミナは魔導弓に魔力を強力に込めていく。射られた魔力の矢は強く光り輝き地龍の頭部へと飛翔《ひしょう》。地龍の眉間を貫く。地龍の動きが止まり、一拍置いた後に地龍は轟音《ごうおん》を立てて崩れ落ちる。

ズダダーン！

これで地龍は魔石となった。

宝箱と魔石を回収すると、「なんかあれね。普通だわ」とヘルミナはサイの肩に乗る黒龍を見る。

サイは苦笑する。

「普通で良いんじゃないか」

「そうかしら？」

ヘルミナは納得いかないようだった。

「さて、五十一層目ね」

「そうですね、ルカ」

俺達は五十一層目に降りる扉を抜けていく。

とある王城。

「準備が整いました」

「ふむ、では最短で明後日か」

「はい、そのとおりでございます」

「では、最短で事をなせ」

「はい、手配いたします」

「ふふふ、これで人種などという数だけおる者どもは最後であろう」


迷宮都市、領主館。

「なんと!! 僅か二日で中級ダンジョンと上級ダンジョンを制したと言うのか!? まことか?」

「本当にございます。間違いなく中級、上級最深部でしか得る事が出来ないものが売却されております」

「ふむ、本物というわけか」

「はい。現在は特級ダンジョンに入っております」

「そうか、すぐに挫折して出てくるだろうが、その時は我が方で召し抱えてやろうではないか」


惑星アイア、日本国。

「おい、逸見《いつみ》ここだ」

磯山《いそやま》は店に入ってきた逸見に声を掛ける。

ピンポン！

という音と共にオーダーをして、生ビールの大が二杯運ばれてくる。

「最近はどうだ？」

「大分、落ち着いたな。磯山の方はどうなんだ？」

「ああ、魔獣の対処法も確立されてきて安定してる。それよりもアメリカは大丈夫なのか？」

「問題ない。一部の反乱はあったがこの状況ではどうしようもないし、あの大陸ではな」

「魔獣か……」

「ああ、あれはどうしようもないな」

「コウ君頼みだな」

オーダーしていた肉じゃがを摘《つま》みながら、生ビールを飲む。

「やっとアメリカにもアーマーが供与されたからな、落ち着くだろう」

「これで一息つけば日本が優遇されていたという奴らの不満も収まるだろう」

「まぁ、それも他国が初めに話を信じなかった事が原因だけどな」

「ああ、でも各国のプライドがな」

「逸見の方はどうなんだ？」

漬物を食べながら、磯山は追加の生ビールを頼む。

「うん？　特に問題ないぞ。小型アーマー部隊も健在だしな」

「ああ、あれは良いよな。自衛隊でも欲しがっているぞ」

「だろうな」

ピンポン！　とオーダーをして日本酒を頼む。最近やっとアイア産の米で醸した日本酒が出来たと評判だ。魚の煮付けを食べながら、日本酒を飲む。美味い。思わず頬が緩む。ここまで美味しい日本酒が、ここアイアで飲めるとは……。まぁ、謎魚の煮付けも大概だけどな……。でも美味い。間違いなし。

迷宮都市、特級ダンジョン、五十一層目。

「なんか変じゃねえか？」

「たしかに変ねえ」

俺の後ろを歩くタキノとルカがそう言った。もう五十一層目も終わりだが魔獣に出会っていない。

ルカは首を傾《かし》げて探査魔法を実行する。

「ああ、分かったわ。私の探査範囲内ギリギリだけど、かなり先でコウが魔獣を倒して収納しているわ」

「何それ？」

「まだ遠いな」

ヘルミナとサイが苦い顔をする。

ほとんどの階層を魔獣と遭遇せずに歩き、ボスは結界で囲って水を充満させて終わりとなる……。

八十層目のボスは二本首のドラゴンだった。部屋に入るとドラゴンは咆哮を上げるが、俺は構わずに歩いて二本の首を同時に風魔法で刎ね収納していく。

とうとう百層目である最終階層に辿《たど》り着《つ》く。ボス部屋に入るとかなり大きな部屋だ。幅は約五百m、奥行きは約千mはある。奥には体長が百mを超える白いドラゴンが待ち構えている。

「よく来たな、人間どもよ」

ドラゴンが喋《しゃべ》り出すが、俺は構わずに結界で囲む。最後は中の空気を抜いて真空にすると……お亡くなりになった。何か俺の後ろでは溜め息が聞こえる。

「コウのは喋ったけど、何か私だけ普通じゃない」

とやはりヘルミナが首を捻《ひね》る。ヘルミナの攻略時間を入れても四時間も掛からずに特級ダンジョンを出る。


迷宮都市、特級ダンジョン入り口前。

「終わったわね」

「ああ、終わった」

「最後はあっけなかったけど」

「全くだ」

「はぁ～」

俺は溜め息をつく。

「次はどうするのかしら？」

「ここから馬車で一日の場所に湖があって、淡水魚が美味しいらしいわよ」

「それは美味そうだな」

「釣りか？」

「釣りは良いですね」

「おっ！　負けねえぞ」

「あら、私も参加しようかしら？」

「それじゃあ、料理担当は私ね」

ルカがフライパンを振り回した。


湖都市カネルア、城壁外湖上。

「六尾目が釣れたわ」

ヘルミナは魔導クーラーボックスに釣ったばかりの魚を入れる。その声を聞いたサイとタキノは、何も入っていない自分の魔導クーラーボックスを確認して溜め息をつく。

「こっちも釣れましたよ」

俺はこれで四尾目である。結局釣果はヘルミナの十尾がトップで、その後に六尾の俺、二尾のサイ、タキノの順となった。
船から降りた四人はルカが待つ湖畔に辿り着くと、釣った魚を渡す。

「ヘルミナが釣ったこれが一番大きいわね」

ルカが魚を掲げると捌《さば》き始める。捌いた切り身に串を刺して塩を振り、魔導バーベキューコンロで焼いていく。その横にも、もう一台魔導バーベキューコンロがあり、その上には鉄板が載っている。

「焼けるまで待っててね。こっちのコンロで焼きそばも作るわ」

ルカは魚の焼き加減を気にしつつ、焼きそばの準備をしていく。しばらくすると魚の焼ける良い匂いが漂い、待っている四人は唾を飲み込む。すると横のコンロではソースが投入されてソースが焼ける、これまた美味しそうな匂いがして待っている四人の胃袋を刺激する。

「はい。出来たわよ」

焼けた魚が皿に盛られ用意されたテーブルに置かれると、四人は無心になって食べ始める。皮はパリッとして身はジューシーな魚を食べたタキノは悶《もだ》えている。

「なんだこれ美味えな！」

「これは間違いないですね」

ヘルミナとサイも笑顔で頷《うなず》く。

「まだまだあるからね」

ルカができたての焼きそばをテーブルに置いていく。魚を食べ切ったタキノは早速焼きそばを食べ始めて口の周りをソースで汚す。

「やっぱりバーベキューといったら焼きそばだよな」

ルカは嬉しそうにテーブルに人数分の冷えたビールを置いていく。そのビールをタキノは詰まらせそうになった喉に流し込む。

「たまらねえ！」

タキノは空に向かって叫んだ。各人もビールを飲んで喉を潤し、焼けた魚を次々と堪能する。食べ尽くしてお腹を膨らました俺達は、湖畔の草原に寝転んで食後の余韻を堪能する。

「この後はどうするの？」

「都市内を散策して、今日は高そうな宿で一泊なんて良いんじゃないかしら？」

とヘルミナが言うと、全員が了承した。


魔獣王城。

「魔獣王陛下、各地の準備が整いました」

王の前で魔獣の男が傅《かしず》く。

「やっとか、では全軍に侵攻を開始させろ」

「はっ！」

魔獣の男は一礼して部屋を出ていく。

魔獣王は席を立ち、窓の外を眺めながら、

「これでこの世界は我のものとなる」

と呟く。


湖都市カルネア内。

腹を摩《さす》りながら俺達五人は都市の中の広場を歩く。

「サイ、美味かったですね」

「本当だな」

「この広場で少し休んでいこうかしら」

と言いながらヘルミナが広場を見る。

「そうですね。少し休んでいきましょうか」

四人も頷く。そして休める場所を探し歩き始めると……。

「きゃ～！　ま、魔獣よ！」

という言葉と共に辺りが混乱し始める。すると上空から肌が緑で頭にツノを生やした者達十名が降り立って、周りの人達を襲い始める。

そこにもう一人、体軀《たいく》が大きく豪奢な服を纏《まと》った魔獣が降り立った。

「我が名は十二魔獣将軍が一人のガルケンだ！　人間ども覚悟しろ」

と吠《ほ》える。

「フフフ、まずはお主らから血祭りにあげてやろう」

と前に出てくるがタキノは姿勢を低くして力強く踏み出すと、

「シッ！」

と抜剣。魔獣将軍を真っ二つにする。それを確認した俺達は他の魔獣の制圧に散っていく。

「ほほう、やるではないか。まぁ、奴は所詮十二魔獣将軍最弱である。だが私は十二魔獣将軍第八席の……」

と言ったところでタキノが斬り伏せる。

「めんどくせぇ」

「ハハハハ、なるほど。我らがここに配置されるわけだ！　だがな、所詮は魔獣将軍下位の者をいくら倒そうと上の者との実力にはかなりの差があるものよ！　我が名はアルドナ！　十二魔獣将軍第三席！　その命貰《もら》い受け……」

と言いかけたところで、タキノはめんどくさそうに斬って捨てる。

「なんだ？　どいつもこいつもお喋《しゃべ》りな奴ばかりだ」

タキノはウンザリして肩を落とす。そして魔獣族を制圧し終わったコウ、サイ、ルカ、ヘルミナが戻ってくる。

「おっ、なんだまた増えたのか？」

サイは転がる魔獣将軍の死体を見てタキノに聞いた。

「ああ」

とタキノは不機嫌そうに答える。

「ふふ、変な奴らだったのね」

さらにタキノは不機嫌そうに肩を怒らせる。

すると、

『ルカさん、こちら母船です』

と通信が入る。

「何？　どうしたの？」

『えっと、現在ですがルカさん達がいる大陸の各地にスタンピードを確認しました。対処しますか？』

「そうね。……小型艦にアーマーを搭載して各地に派遣してくれる？　優先順位は任せるわ」

『はい、了承しました。あっ、あとそちらにも最大規模の魔獣が向かっています。こちらで対処しますか？』

「そうね。少し待ってもらえるかしら、連絡するわ」

『はい、分かりました』

「コウ！」

「どうしました？」

「この大陸各地でスタンピードが起きていてアーマー隊に対処させているわ。そしてこちらにも魔獣の群れが向かっているみたい」

「分かりました。確認してみますか」

全員で都市の外に出ていく。

見晴らしの良い丘の上で魔獣の群れが向かってくる方向を見る、とたしかに大量の土煙が上がっている。

「あれか」

サイは目を細めながら確認する。しばらくするとその魔獣の群れは丘から五百m手前で止まった。これは誰かに操られているような気配がする。そこに……上空から、

「怯《おび》えてひれ伏せ！　ニンゲン共！　我は魔獣王陛下麾下《きか》である十二魔獣将軍第二席！　アルザイルであるぞ！」

と魔獣将軍が吠える。

「母船聞こえる？」

『はい、ルカさん聞こえます』

「この近くの魔獣の群れなんだけど母船で、対処お願い出来るかしら？」

『はい、問題ありません』

「じゃあ、任せるわ」

『はい、了承しました』

と話した二分後に上空から火の槍《やり》が魔獣の群れへと降り注ぐ。

「何だ！　何が起きている！」

と魔獣将軍は慌てふためくが一分も経たないうちに魔獣の群れは消え去る。そしてコウが結界の足場を蹴りながら魔獣将軍のもとに近づくと結界で拘束。

「な！　何をするか！　放せ！」

と騒ぐが、俺は構わず魔獣将軍の額を掴《つか》むと闇魔法で記憶を読み取っていく。
「ナブ！」
《はい、マスター》
「記憶は読み取れたか？」
《はい、確認出来ました》
「それが黒幕がいる位置だ。母船で対処してくれ」
《はい、マスター》

軌道上、母船内。

「ナブ様よりデータを受け取りました。これより母船は敵拠点の殲滅のため、移動を開始します。目標座標上空へ移動を開始…………目標上空へ到達しました。高魔力生命反応を確認。これより殲滅を開始します」

「目標へ艦首を向けます。スラスターにて姿勢制御開始……艦首、目標へ向きました」

「次元アンカー射出！」

「次元アンカー射出確認！　固定されました！」

「船首上下左右に展開……展開しました」

船首が上下左右に開きながら展開されて、大型魔導砲が現れる。

「魔力充填《じゅうてん》開始します。……充填率十％……二十％……三十％」

艦首前方に魔法陣が五重に展開されて艦首に魔力が収束していく。キューンと魔力が充填されていく音が艦内に鳴り響く。

「四十％……五十％……六十％……七十％……八十％……九十％……百％超えます！　……百二十％……まもなく臨界点です！　……百四十％……百五十％！　臨界点到達！　いつでもいけます！」

「収束率変更九十五％。耐ショック！　耐閃光《せんこう》防御！　発射！」

「発射します！」

母船の艦首から光がほとばしり、光の束が魔法陣を一つ二つと抜けていくたびにエネルギーが増幅されていく。

ズガガガーン！　ドーン！

その光の奔流は目標周辺を焼き払い地表に穴を穿つ。その範囲は直径二kmに及んだ。

「目標周辺に生物反応及び高魔力反応ありません。殲滅完了しました」

《マスター、目標の殲滅が完了しました》
「よくやった、ナブ」
魔獣将軍を葬り去り、地表へと降りる。
「皆、聞いてください」

全員振り向く。

「この湖の底に、魔獣がここへ攻めて来た理由の何かがあるらしいんです」

「そうか、たしかに変だと思ったよ。こんな辺境に十二魔獣将軍というぐらいだから、十二人しかいないはずの魔獣将軍が四人も出張ってくるなんてな」

とサイが言う。

「そうね、それで納得がいったわ」

「じゃあ、いくか」

とタキノは楽しそうに湖へと向かう。

全員が結界を纏って湖の中に入っていくと、湖の底には遺跡と思われるものがあった。

「あれかしら？」

「あれみたいですね」

遺跡に近づいていく。遺跡の上には光り輝くモノリスがあるが結界で守られていた。

「結界があるわ。どうするの？」

俺は結界へと手を伸ばす。すると……、スルリと結界を抜ける。

《……確認しました。よく次元を超えて辿り着きました。子孫達よ》

何者かの声が聞こえた。

全員が結界の中に入ると声が続く。

《我はシャンバラ、この次元に辿り着き民を守る者。そして新たに次元を超えて辿り着いた見放されし者達の子孫よ。よく試練を乗り越えました。あなた達の先祖は欠陥があり見放されましたが、あなた達はその影響が少ない。資格があるのでしょう》

その声が途切れると、モノリスの前に銀河の映像が浮かぶ。

《どうか新たな試練を乗り越えて、ここシャンバラへと辿り着く事を願っています》

しばらくすると声と映像が消えた。

「ナブ、映像は記録出来たか？」

《はい、マスター。現在、探査ポッドより送られてきているデータと照合中です》

「よろしく頼む」

《はい、マスター》

トルドア王国、リンドルンガ近郊。

「マリオさん、コウの奴、今頃どうしてるかな？」

荷運び用のファントムの操作をしながらマリオは答える。

「ハハハ、コウさんの事だから色々とやらかしながら楽しんでいると思いますよ」

「たしかに目に浮かびますね」

ウリルは苦笑しながらそう言うと、護衛をしているダリスとランガも笑いながら頷《うなず》く。

一行はリンドルンガへと続く街道を軽快に馬車を走らせながら荷を運ぶ。

上空の青空には、気持ち良さそうにビッグバードがゆっくりと舞う。


魔導国エリオリアン副首都エリオラ、オラル商店。

「よくやってるな、レオン。でもあまり根を詰めすぎるなよ」

と叔父であるキルカンはレオンの頭を撫《な》でながら言った。

「うん、でも」

レオンは言葉を詰まらせた。

「ふふ、コウさんに少しでも追いつきたいんだね」

カルキンが言い当てるとレオンはコクリと頷く。

「ふふ、実はね。最近コウさんがいる国との国交が樹立されてね、まずは商取引とトルドア王国の王都にある学院への留学が始まるんだよ」

とキルカンが言うとレオンは顔を上げる。

「それでね、その学院へはコウさんも通っていたらしいんだ。でもすぐに卒業しちゃったみたいなんだけどな」

と言って笑う。レオンは不思議そうな顔で聞き入る。

「面白いだろ？　コウさんが入学した事によってな、改革が進んで、今では魔法の新たな理論によって教育がなされているようなんだ」

キルカンはニコニコする。レオンは目を輝かせながら聞いている。

「それでなレオン。お前が留学出来る年齢になったら行ってみるかい？」

「うん！」

レオンは大きく頷いた。

「じゃあ、勉強頑張らなくちゃだな」

キルカンはレオンの頭を撫でた。

MFブックス

神《かみ》様《さま》のミスで異《い》世《せ》界《かい》にポイっとされました
~元《もと》サラリーマンは自《じ》由《ゆう》を謳《おう》歌《か》する~ 3

2023年8月25日　初版第一刷発行

著者　でんすけ
発行者　山下直久
発行　株式会社KADOKAWA
〒102-8177　東京都千代田区富士見2-13-3
0570-002-301（ナビダイヤル）
印刷・製本　株式会社広済堂ネクスト
ISBN 978-4-04-682761-6 C0093

企画　株式会社フロンティアワークス
担当編集　吉田響介（株式会社フロンティアワークス）
ブックデザイン　鈴木 勉（BELL'S GRAPHICS）
デザインフォーマット　AFTERGLOW
イラスト　長浜めぐみ

本シリーズは「小説家になろう」（https://syosetu.com/）初出の作品を加筆の上書籍化したものです。

ファンレター、作品のご感想をお待ちしています

宛先
〒102-0071　東京都千代田区富士見2-13-12
株式会社 KADOKAWA　MFブックス編集部気付
「でんすけ先生」係「長浜めぐみ先生」係

二次元コードまたはURLをご利用の上
右記のパスワードを入力してアンケートにご協力ください。

https://kdq.jp/mfb
パスワード
67a6d

● PC・スマートフォンにも対応しております（一部対応していない機種もございます）。
●アンケートにご協力頂きますと、作者書き下ろしの「こぼれ話」がWEBで読めます。
●サイトにアクセスする際や、登録・メール送信時にかかる通信費はご負担ください。
● 2023年8月時点の情報です。やむを得ない事情により公開を中断・終了する場合があります。

カリグラファーの美文字異世界生活
L'histoire d'Isgloriest
～コレクションと文字魔法で日常生活無双？～
［著］磯風
［イラスト］戸部淑
STORY
突然、異世界に転移した拓斗。神様もいないし、どうしたら……と思ったら、彼は自身の『コレクション』とカリグラフィーの【文字魔法】に気がついた！　普通に暮らしてるつもりが全然普通じゃない異世界生活物語。
カリグラフィーを駆使した【文字魔法】で美味しいものや物作りをするぞ！

Kotobuki Yasukiyo
寿安清
イラスト：ジョンディー
アラフォー賢者の異世界生活日記ZERO
—ソード・アンド・ソーサリス・ワールド—
レベル1000超えの
廃プレイヤー
【殲《せん》滅《めつ》者《しゃ》】
この五人は今日も
なにかを……やらかす！
VRRPG【ソード・アンド・ソーサリス】で大賢者【ゼロス】として気ままな冒険を楽しんでいたアラフォーのおっさん【大迫聡】。しかしこのゲームには、プレイヤーに明かされることのない重大な秘密があり……。
大迫聡ことゼロスの
異世界転生後の
物語を描いた原作小説も
好評発売中！
アラフォー賢者の
異世界生活日記
①〜⑱巻
MFブックス新シリーズ発売中!!